„BÜCHER SIND WIE FALLSCHIRME. SIE NÜTZEN UNS NICHTS, WENN WIR SIE NICHT ÖFFNEN.“

Gröls Verlag

Redaktionelle Hinweise und Impressum

Das vorliegende Werk wurde zugunsten der Authentizität sehr zurückhaltend bearbeitet. So wurden etwa ursprüngliche Rechtschreibfehler *nicht* systematisch behoben, denn kleine Unvollkommenheiten machen das Buch – wie im Übrigen den Menschen – erst authentisch. Mitunter wurden jedoch zum Beispiel Absätze behutsam neu getrennt, um den Lesefluss zu erleichtern.

Um die Texte zu rekonstruieren, werden antiquarische Bücher von Lesegeräten gescannt und dann durch eine Software lesbar gemacht. Der so entstandene Text wird von Menschen gegengelesen und korrigiert – hierbei treten auch Fehler auf. Wenn Sie ebenfalls antiquarische Texte einreichen möchten, finden Sie weitere Informationen auf www.groels.de

Viel Freude bei der Lektüre wünscht Ihnen das Team des Gröls-Verlags.

Adressen

Verleger: Sophia Gröls, Im Borngrund 26, 61440 Oberursel

Externer Dienstleister für Distribution & Herstellung: BoD, In de Tarpen 42, 22848 Norderstedt

Unsere „Edition | Werke der Weltliteratur“ hat den Anspruch, eine der größten und vollständigsten Sammlungen klassischer Literatur in deutscher Sprache zu sein. Nach und nach versammeln wir hier nicht nur die „üblichen Verdächtigen“ von Goethe bis Schiller, sondern auch Kleinode der vergangenen Jahrhunderte, die – zu Unrecht – drohen, in Vergessenheit zu geraten. Wir kultivieren und kuratieren damit einen der wertvollsten Bereiche der abendländischen Kultur. Kleine Auswahl:

Francis Bacon • Neues Organon • **Balzac** • Glanz und Elend der Kurtisanen • **Joachim H. Campe** • Robinson der Jüngere • **Dante Alighieri** • Die Göttliche Komödie • **Daniel Defoe** • Robinson Crusoe • **Charles Dickens** • Oliver Twist • **Denis Diderot** • Jacques der Fatalist • **Fjodor Dostojewski** • Schuld und Sühne • **Arthur Conan Doyle** • Der Hund von Baskerville • **Marie von Ebner-Eschenbach** • Das Gemeindekind • **Elisabeth von Österreich** • Das Poetische Tagebuch • **Friedrich Engels** • Die Lage der arbeitenden Klasse • **Ludwig Feuerbach** • Das Wesen des Christentums • **Johann G. Fichte** • Reden an die deutsche Nation • **Fitzgerald** • Zärtlich ist die Nacht • **Flaubert** • Madame Bovary • **Gorch Fock** • Seefahrt ist not! • **Theodor Fontane** • Effi Briest • **Robert Musil** • Über die Dummheit • **Edgar Wallace** • Der Frosch mit der Maske • **Jakob Wassermann** • Der Fall Maurizius • **Oscar Wilde** • Das Bildnis des Dorian Grey • **Émile Zola** • Germinal • **Stefan Zweig** • Schachnovelle • **Hugo von Hofmannsthal** • Der Tor und der Tod • **Anton Tschechow** • Ein Heiratsantrag • **Arthur Schnitzler** • Reigen • **Friedrich Schiller** • Kabale und Liebe • **Nicolo Machiavelli** • Der Fürst • **Gotthold E. Lessing** • Nathan der Weise • **Augustinus** • Die Bekenntnisse des heiligen Augustinus • **Marcus Aurelius** • Selbstbetrachtungen • **Charles Baudelaire** • Die Blumen des Bösen • **Harriett Stowe** • Onkel Toms Hütte • **Walter Benjamin** • Deutsche Menschen • **Hugo Bettauer** • Die Stadt ohne Juden • **Lewis Caroll** • *und viele mehr….*

Stefan Zweig

Brennendes Geheimnis

Inhalt

Der Partner

Die Lokomotive schrie heiser auf: der Semmering war erreicht. Eine Minute rasteten die schwarzen Wagen im silbrigen Licht der Höhe, warfen paar bunte Menschen aus, schluckten andere ein, Stimmen gingen geärgert hin und her, dann schrie vorne wieder die heisere Maschine und riß die schwarze Kette rasselnd in die Höhle des Tunnels hinab. Rein ausgespannt, mit klaren, vom nassen Wind reingefegten Hintergründen lag wieder die hingebreitete Landschaft.

Einer der Angekommenen, jung, durch gute Kleidung und eine natürliche Elastizität des Schrittes sympathisch auffallend, nahm den andern rasch voraus einen Fiaker zum Hotel. Ohne Hast trappten die Pferde den ansteigenden Weg. Es lag Frühling in der Luft. Jene weißen, unruhigen Wolken flatterten am Himmel, die nur der Mai und der Juni hat, jene weißen, selbst noch jungen und flattrigen Gesellen, die spielend über die blaue Bahn rennen, um sich plötzlich hinter hohen Bergen zu verstecken, die sich umarmen und fliehen, sich bald wie Taschentücher zerknüllen, bald in Streifen zerfasern und schließlich im Schabernack den Bergen weiße Mützen aufsetzen. Unruhe war auch oben im Wind, der die mageren, noch vom Regen feuchten Bäume so unbändig schüttelte, daß sie leise in den Gelenken krachten und tausend Tropfen wie Funken von sich wegsprühten. Manchmal schien auch Duft von Schnee kühl aus den Bergen herüberzukommen, dann spürte man im Atem etwas, das süß und scharf war zugleich. Alles in Luft und Erde war Bewegung und gärende Ungeduld. Leise schnaubend liefen die Pferde den jetzt niedersteigenden Weg, die Schellen klirrten ihnen weit voraus.

Im Hotel war der erste Weg des jungen Mannes zu der Liste der anwesenden Gäste, die er – bald enttäuscht – durchflog. „Wozu bin ich eigentlich hier", begann es unruhig in ihm zu fragen. „Allein hier auf dem Berg zu sein, ohne Gesellschaft, ist ärger als das Bureau. Offenbar bin ich zu früh gekommen oder zu spät. Ich habe nie Glück mit meinem Urlaub. Keinen einzigen bekannten Namen finde ich unter all den Leuten. Wenn wenigstens ein paar Frauen da wären, irgendein kleiner, im Notfall sogar argloser Flirt, um diese Woche nicht gar zu trostlos zu verbringen." Der junge Mann, ein Baron von nicht sehr klangvollem österreichischen Beamtenadel, in der Statthalterei angestellt, hatte sich diesen kleinen Urlaub ohne jegliches Bedürfnis genommen, eigentlich nur, weil sich alle seine Kollegen eine Frühjahrswoche durchgesetzt hatten und er die seine dem Dienst nicht schenken wollte. Er war, obwohl innerer Befähigung nicht entbehrend, eine durchaus gesellschaftliche Natur, als solche beliebt, in allen Kreisen gern gesehen und sich seiner Unfähigkeit zur Einsamkeit voll bewußt. In ihm war keine Neigung, sich selber allein gegenüberzustehen, und er vermied möglichst diese Begegnungen, weil er intimere Bekanntschaft mit sich selbst gar nicht wollte. Er wußte, daß er die Reibfläche von Menschen brauchte, um seine Talente, die Wärme und den Übermut seines Herzens aufflammen zu lassen, und er allein frostig und sich selber nutzlos war, wie ein Zündholz in der Schachtel.

Verstimmt ging er in der leeren Hall auf und ab, bald unschlüssig in den Zeitungen blätternd, bald wieder im Musikzimmer am Klavier einen Walzer antastend, bei dem ihm aber der Rhythmus nicht recht in die Finger sprang. Schließlich setzte er sich verdrossen hin, sah hinaus, wie das Dunkel langsam niederfiel, der Nebel als Dampf grau aus den Fichten brach. Eine Stunde zerbröselte er so, nutzlos und nervös. Dann flüchtete er in den Speisesaal.

Dort waren erst ein paar Tische besetzt, die er alle mit eiligem Blick überflog. Vergeblich! Keine Bekannten, nur dort – er gab lässig einen Gruß zurück – ein Trainer, dort wieder ein Gesicht von der Ringstraße her, sonst nichts. Keine Frau, nichts, was ein auch flüchtiges Abenteuer versprach. Sein Mißmut wurde ungeduldiger. Er war einer jener jungen Menschen, deren hübschem Gesicht viel geglückt ist und in denen nun beständig alles für eine neue Begegnung, ein neues Erlebnis bereit ist, die immer gespannt sind, sich ins Unbekannte eines Abenteuers zu schnellen, die nichts überrascht, weil sie alles lauernd berechnet haben, die nichts Erotisches übersehen, weil schon ihr erster Blick jeder Frau in das Sinnliche greift, prüfend und ohne Unterschied, ob es die Gattin ihres Freundes ist oder das Stubenmädchen, das die Türe zu ihr öffnet. Wenn man solche Menschen mit einer gewissen leichtfertigen Verächtlichkeit Frauenjäger nennt, so geschieht es, ohne zu wissen, wieviel beobachtende Wahrheit in dem Worte versteinert ist, denn tatsächlich, alle leidenschaftlichen Instinkte der Jagd, das Aufspüren, die Erregtheit und die seelische Grausamkeit flackern in dem rastlosen Wachsein solcher Menschen. Sie sind beständig auf dem Anstand, immer bereit und entschlossen, die Spur eines Abenteuers bis hart an den Abgrund zu verfolgen. Sie sind immer geladen mit Leidenschaft, aber nicht der des Liebenden, sondern der des Spielers, der kalten, berechnenden und gefährlichen. Es gibt unter ihnen Beharrliche, denen weit über die Jugend hinaus das ganze Leben durch diese Erwartung zum ewigen

Abenteuer wird, denen sich der einzelne Tag in hundert kleine, sinnliche Erlebnisse auflöst – ein Blick im Vorübergehen, ein weghuschendes Lächeln, ein im Gegenübersitzen gestreiftes Knie – und das Jahr wieder in hundert solcher Tage, für die das sinnliche Erlebnis ewig fließende, nährende und anfeuernde Quelle des Lebens ist.

Hier waren keine Partner zu einem Spiele, das übersah der Suchende sofort. Und keine Gereiztheit ist ärgerlicher als die des Spielers, der mit den Karten in der Hand im Bewußtsein seiner Überlegenheit vor dem grünen Tisch sitzt und vergeblich den Partner erwartet. Der Baron rief nach einer Zeitung. Mürrisch ließ er die Blicke über die Zeilen rinnen, aber seine Gedanken waren lahm und stolperten wie betrunken den Worten nach.

Da hörte er hinter sich ein Kleid rauschen und eine Stimme, leicht ärgerlich und mit affektiertem Akzent, sagen: „Mais tais toi donc, Edgar!“

An seinem Tisch knisterte im Vorüberschreiten ein seidenes Kleid, hoch und üppig schattete eine Gestalt vorbei und hinter ihr in einem schwarzen Samtanzug ein kleiner, blasser Bub, der ihn neugierig mit dem Blick anstreifte. Die beiden setzten sich gegenüber an den reservierten Tisch, das Kind sichtbar um eine Korrektheit bemüht, die der schwarzen Unruhe in seinen Augen zu widersprechen schien. Die Dame – und nur auf sie hatte der junge Baron acht – war sehr soigniert und mit sichtbarer Eleganz gekleidet, ein Typus überdies, den er sehr liebte, eine jener leicht üppigen Jüdinnen im Alter knapp vor der Überreife, offenbar auch leidenschaftlich, aber erfahren, ihr Temperament hinter einer vornehmen Melancholie zu verbergen. Er vermochte zunächst noch nicht in ihre Augen zu sehen und bewunderte nur die schön geschwungene Linie der Augenbrauen, rein über einer zarten Nase gerundet, die ihre Rasse zwar verriet, aber durch edle Form das Profil scharf und interessant machte. Die Haare waren, wie alles Weibliche an diesem vollen Körper, von einer auffallenden Üppigkeit, ihre Schönheit schien im sichern Selbstgefühl vieler Bewunderungen satt und prahlerisch geworden zu sein. Sie bestellte mit sehr leiser Stimme, wies den Buben, der mit der Gabel spielend klirrte, zurecht – all dies mit anscheinender Gleichgültigkeit gegen den vorsichtig anschleichenden Blick des Barons, den sie nicht zu bemerken schien, während es doch in Wirklichkeit nur seine rege Wachsamkeit war, die ihr diese gebändigte Sorgfalt aufzwang.

Das Dunkel im Gesichte des Barons war mit einem Male aufgehellt, unterirdisch belebend liefen die Nerven hin, strafften die Falten, rissen die Muskeln auf, daß seine Gestalt aufschnellte und Lichter in den Augen flackerten. Er war selber den Frauen nicht unähnlich, die erst die Gegenwart eines Mannes brauchen, um aus sich ihre ganze Gewalt herauszuholen. Erst ein sinnlicher Reiz spannte seine Energie zu voller Kraft. Der Jäger in ihm witterte hier eine Beute. Herausfordernd suchte sein Auge ihrem Blick zu begegnen, der ihn manchmal mit einer glitzernden Unbestimmtheit des Vorbeisehens kreuzte, nie aber blank eine klare Antwort bot. Auch um den Mund glaubte er manchmal ein Fließen wie von beginnendem Lächeln zu spüren, aber all dies war unsicher, und eben diese Unsicherheit erregte ihn. Das einzige, was ihm versprechend schien, war dieses stete Vorbeischauen, weil es Widerstand war und Befangenheit zugleich, und dann die merkwürdig sorgfältige, auf einen Zuschauer sichtlich eingestellte Art der Konversation mit dem Kinde. Eben das aufdringlich Vorgehaltene dieser Ruhe bedeutete, das fühlte er, heimlich ein erstes Beunruhigtsein. Auch er war erregt: das Spiel hatte begonnen. Er verzögerte sein Diner, hielt diese Frau eine halbe Stunde fast unablässig mit dem Blick fest, bis er jede Linie ihres Gesichtes nachgezeichnet, an jede Stelle ihres üppigen Körpers unsichtbar gerührt hatte. Draußen fiel drückend das Dunkel nieder, die Wälder seufzten in kindischer Furcht, als jetzt die großen

Regenwolken graue Hände nach ihnen reckten, immer finstrer drängten die Schatten ins Zimmer hinein, immer mehr schienen die Menschen hier zusammengepreßt durch das Schweigen. Das Gespräch der Mutter mit ihrem Kinde wurde, das merkte er, unter der Drohung dieser Stille immer gezwungener, immer künstlicher, bald, fühlte er, würde es zu Ende sein. Da beschloß er eine Probe. Er stand als erster auf, ging langsam, mit einem langen Blick auf die Landschaft an ihr vorbeisehend, zur Türe. Dort zuckte er rasch, als hätte er etwas vergessen, mit dem Kopf herum. Und ertappte sie, wie sie ihm lebhaften Blickes nachsah.

Das reizte ihn. Er wartete in der Hall. Sie kam bald nach, den Buben an der Hand, blätterte im Vorübergehen unter den Zeitschriften, zeigte dem Kind ein paar Bilder. Aber als der Baron, wie zufällig, an den Tisch trat, anscheinend um auch eine Zeitschrift zu suchen, in Wahrheit, um tiefer in das feuchte Glitzern ihrer Augen zu dringen, vielleicht sogar ein Gespräch zu beginnen, wandte sie sich weg, klopfte ihrem Sohn leicht auf die Schulter: „Viens, Edgar! Au lit!" und rauschte kühl an ihm vorbei.

Ein wenig enttäuscht, sah ihr der Baron nach. Er hatte eigentlich auf ein Bekanntwerden noch an diesem Abend gerechnet, und diese schroffe Art enttäuschte ihn. Aber schließlich, in diesem

Widerstand war Reiz, und gerade das Unsichere entzündete seine Begier. Immerhin: er hatte seinen Partner, und ein Spiel konnte beginnen.

Rasche Freundschaft

Als der Baron am nächsten Morgen in die Hall trat, sah er dort das Kind der schönen Unbekannten in eifrigem Gespräch mit den beiden Liftboys, denen es Bilder in einem Buch von Karl May zeigte. Seine Mama war nicht zugegen, offenbar noch mit der Toilette beschäftigt. Jetzt erst besah sich der Baron den Buben. Es war ein scheuer, unentwickelter nervöser Junge von etwa zwölf Jahren mit fahrigen Bewegungen und dunkel herumjagenden Augen. Er machte, wie Kinder in diesen Jahren so oft, den Eindruck von Verschrecktheit, gleichsam als ob er eben aus dem Schlaf gerissen und plötzlich in fremde Umgebung gestellt sei. Sein Gesicht war nicht unhübsch, aber noch ganz unentschieden, der Kampf des Männlichen mit dem Kindlichen schien eben erst einsetzen zu wollen, noch war alles darin nur wie geknetet und noch nicht geformt, nichts in reinen Linien ausgesprochen, nur blaß und unruhig gemengt. Überdies war er gerade in jenem unvorteilhaften Alter, wo Kinder nie in ihre Kleider passen, Ärmel und Hosen schlaff um die mageren Gelenke schlottern und noch keine innere Eitelkeit sie mahnt, auf ihr Äußeres zu wachen.

Der Knabe machte hier, unschlüssig herumirrend, einen ziemlich kläglichen Eindruck. Eigentlich stand er allen im Wege. Bald schob ihn der Portier beiseite, den er mit allerhand Fragen zu belästigen schien, bald störte er am Eingang; offenbar fehlte es ihm an freundschaftlichem Umgang. So suchte er in seinem kindlichen Schwatzbedürfnis sich an die Bediensteten des Hotels heranzumachen, die ihm, wenn sie gerade Zeit hatten, antworteten, das Gespräch aber sofort unterbrachen, wenn ein Erwachsener in Sicht kam oder etwas Vernünftiges getan werden mußte. Der Baron sah lächelnd und mit Interesse dem unglücklichen Buben zu, der auf alles mit Neugier schaute und dem alles unfreundlich entwich. Einmal faßte er einen dieser neugierigen Blicke fest an, aber die schwarzen Augen krochen sofort ängstlich in sich hinein, sobald er sie auf der Suche ertappte, und duckten sich hinter gesenkten Lidern. Das amüsierte den Baron. Der Bub begann ihn zu interessieren, und er fragte sich, ob ihm dieses Kind, das offenbar nur aus Furcht so scheu war, nicht als raschester Vermittler einer Annäherung dienen könnte. Immerhin: er wollte es versuchen. Unauffällig folgte er dem Buben, der eben wieder zur Türe hinauspendelte und in seinem kindischen Zärtlichkeitsbedürfnis die rosa Nüstern eines Schimmels liebkoste, bis ihn – er hatte wirklich kein Glück – auch hier der Kutscher ziemlich barsch wegwies. Gekränkt und gelangweilt stand er jetzt wieder herum mit seinem leeren und ein wenig traurigen Blick. Da sprach ihn der Baron an.

„Na, junger Mann, wie gefällts dir da?“ setzte er plötzlich ein, bemüht, die Ansprache möglichst jovial zu halten.

Das Kind wurde feuerrot und starrte ängstlich auf. Er zog die Hand irgendwie in Furcht an sich und wand sich hin und her vor Verlegenheit. Das geschah ihm zum erstenmal, daß ein fremder Herr mit ihm ein Gespräch begann.

„Ich danke, gut“, konnte er gerade noch herausstammeln. Das letzte Wort war schon mehr gewürgt als gesprochen.

„Das wundert mich,“ sagte der Baron lachend, „es ist doch eigentlich ein fader Ort, besonders für einen jungen Mann, wie du einer bist. Was treibst du denn den ganzen Tag?“

Der Bub war noch immer zu sehr verwirrt, um rasch zu antworten. War es wirklich möglich, daß dieser fremde elegante Herr mit ihm, um den sich sonst keiner kümmerte, ein Gespräch suchte? Der Gedanke machte ihn scheu und stolz zugleich. Mühsam raffte er sich zusammen.

„Ich lese, und dann, wir gehen viel spazieren. Manchmal fahren wir auch im Wagen, die Mama und ich. Ich soll mich hier erholen, ich war krank. Ich muß darum auch viel in der Sonne sitzen, hat der Arzt gesagt."

Die letzten Worte sagte er schon ziemlich sicher. Kinder sind immer stolz auf eine Krankheit, weil sie wissen, daß Gefahr sie ihren Angehörigen doppelt wichtig macht.

„Ja, die Sonne ist schon gut für junge Herren, wie du einer bist, sie wird dich schon braun brennen. Aber du solltest doch nicht den ganzen Tag dasitzen. Ein Bursch wie du sollte herumlaufen, übermütig sein und auch ein bißchen Unfug anstellen. Mir scheint, du bist zu brav, du siehst auch so aus wie ein Stubenhocker mit deinem großen dicken Buch unterm Arm. Wenn ich denke, was ich in deinem Alter für ein Galgenstrick war, jeden Abend bin ich mit zerrissenen Hosen nach Hause gekommen. Nur nicht zu brav sein!"

Unwillkürlich mußte das Kind lächeln, und das nahm ihm die Angst. Es hätte gern etwas erwidert, aber all dies schien ihm zu frech, zu selbstbewußt vor diesem lieben fremden Herrn, der so freundlich mit ihm sprach. Vorlaut war er nie gewesen und immer leicht verlegen, und so kam er jetzt vor Glück und Scham in die ärgste Verwirrung. Er hätte so gern das Gespräch fortgesetzt, aber es fiel ihm nichts ein. Glücklicherweise kam gerade der große gelbe Bernhardiner des Hotels vorbei, schnüffelte sie beide an und ließ sich willig liebkosen.

„Hast du Hunde gern?“ fragte der Baron.

„O sehr, meine Großmama hat einen in ihrer Villa in Baden, und wenn wir dort wohnen, ist er immer den ganzen Tag mit mir. Das ist aber nur im Sommer, wenn wir dort zu Besuch sind.“

„Wir haben zu Hause, auf unserem Gut, ich glaube, zwei Dutzend. Wenn du hier brav bist, kriegst du einen von mir geschenkt. Einen braunen mit weißen Ohren, einen ganz jungen. Willst du?“

Das Kind errötete vor Vergnügen.

„O ja.“

Es fuhr ihm so heraus, heiß und gierig. Aber gleich hinterher stolperte, ängstlich und wie erschrocken, das Bedenken.

„Aber Mama wird es nicht erlauben. Sie sagt, sie duldet keinen Hund zu Hause. Sie machen zuviel Schererei.“

Der Baron lächelte. Endlich hielt das Gespräch bei der Mama.

„Ist die Mama so streng?“

Das Kind überlegte, blickte eine Sekunde zu ihm auf, gleichsam fragend, ob man diesem fremden Herrn schon vertrauen dürfe. Die Antwort blieb vorsichtig:

„Nein, streng ist die Mama nicht. Jetzt, weil ich krank war, erlaubt sie mir alles. Vielleicht erlaubt sie mir sogar einen Hund."

„Soll ich sie darum bitten?"

„Ja, bitte tun Sie das", jubelte der Bub. „Dann wird es die Mama sicher erlauben. Und wie sieht er aus? Weiße Ohren hat er, nicht wahr? Kann er apportieren?"

„Ja, er kann alles." Der Baron mußte lächeln über die heißen Funken, die er so rasch aus den Augen des Kindes geschlagen hatte. Mit einem Male war die anfängliche Befangenheit gebrochen, und die von der Angst zurückgehaltene Leidenschaftlichkeit sprudelte über. In blitzschneller Verwandlung war das scheue verängstigte Kind von früher ein ausgelassener Bub. Wenn nur die Mutter auch so wäre, dachte unwillkürlich der Baron, so heiß hinter ihrer Angst! Aber schon sprang der Bub mit zwanzig Fragen an ihm hinauf:

„Wie heißt der Hund?"

„Karo."

„Karo", jubelte das Kind. Es mußte irgendwie lachen und jubeln über jedes Wort, ganz trunken von dem unerwarteten Geschehen, daß sich jemand seiner in Freundlichkeit angenommen hatte. Der Baron staunte selbst über seinen raschen Erfolg und beschloß, das heiße Eisen zu schmieden. Er lud den Knaben ein, mit ihm ein wenig spazieren zu gehen, und der arme Bub, seit Wochen ausgehungert nach einem geselligen Beisammensein, war von diesem Vorschlag entzückt. Unbedacht plauderte er alles aus, was ihm sein neuer Freund mit kleinen, wie zufälligen Fragen entlocken wollte. Bald wußte der Baron alles über die Familie, vor allem, daß Edgar der einzige Sohn eines Wiener Advokaten sei, offenbar aus der vermögenden jüdischen Bourgeoisie. Und durch geschickte Umfragen erkundete er rasch, daß die Mutter sich über den Aufenthalt am Semmering durchaus nicht entzückt geäußert und den Mangel an sympathischer Gesellschaft beklagt habe, ja er glaubte sogar, aus der ausweichenden Art, mit der Edgar die Frage beantwortete, ob die Mama den Papa sehr gern habe, entnehmen zu können, daß hier nicht alles zum besten stünde. Beinahe schämte er sich, wie leicht es ihm wurde, dem arglosen Buben all diese kleinen Familiengeheimnisse zu entlocken, denn Edgar, ganz stolz, daß irgend etwas von dem, was er zu erzählen hatte, einen Erwachsenen interessieren konnte, drängte sein Vertrauen dem neuen Freunde geradezu auf. Sein kindisches Herz klopfte vor Stolz – der Baron hatte im Spazierengehen ihm seinen Arm um die Schulter gelegt –, in solcher Intimität öffentlich mit einem Erwachsenen gesehen zu werden, und allmählich vergaß er seine eigene Kindheit, schnatterte frei und ungezwungen wie zu einem Gleichaltrigen. Edgar war, wie sein Gespräch zeigte, sehr klug, etwas frühreif wie die meisten kränklichen Kinder, die viel mit Erwachsenen beisammen waren, und von einer merkwürdig überreizten Leidenschaft der Zuneigung oder Feindlichkeit. Zu nichts schien er ein ruhiges Verhältnis zu haben, von jedem Menschen oder Ding sprach er entweder in Verzückung oder mit einem Hasse, der so heftig war, daß er sein Gesicht unangenehm verzerrte und es fast bösartig und häßlich machte. Etwas Wildes und Sprunghaftes, vielleicht noch bedingt durch die kürzlich überstandene Krankheit, gab seinen Reden fanatisches Feuer, und es schien, daß sein Linkischsein nur mühsam unterdrückte Angst vor der eigenen Leidenschaft war.

Der Baron gewann mit Leichtigkeit sein Vertrauen. Eine halbe Stunde bloß, und er hatte dieses heiße und unruhig zuckende Herz in der Hand. Es ist ja so unsäglich leicht, Kinder zu betrügen, diese Arglosen, um deren Liebe so selten geworben wird. Er brauchte sich selbst nur in die Vergangenheit zu vergessen, und so natürlich, so ungezwungen wurde ihm das kindliche Gespräch, daß auch der Bub ihn ganz als seinesgleichen empfand und nach wenigen Minuten jedes Distanzgefühl verlor. Er war nur selig von Glück, hier in diesem einsamen Ort plötzlich einen Freund gefunden zu haben, und welch einen Freund! Vergessen waren sie alle in Wien, die kleinen Jungen mit ihren dünnen Stimmen, ihrem unerfahrenen Geschwätz, wie weggeschwemmt waren ihre Bilder von dieser einen neuen Stunde! Seine ganze schwärmerische Leidenschaft gehörte jetzt diesem neuen, seinem großen Freunde, und sein Herz dehnte sich vor Stolz, als dieser ihn jetzt zum Abschied nochmals einlud, morgen vormittags wiederzukommen, und der neue Freund ihm nun zuwinkte von der Ferne, ganz wie ein Bruder. Diese Minute war vielleicht die schönste seines Lebens. Es ist so leicht, Kinder zu betrügen. – Der Baron lächelte dem Davonstürmenden nach. Der Vermittler war nun gewonnen. Der Bub würde jetzt, das wußte er, seine Mutter mit Erzählungen bis zur Erschöpfung quälen, jedes einzelne Wort wiederholen – und dabei erinnerte er sich mit Vergnügen, wie geschickt er einige Komplimente an ihre Adresse eingeflochten, wie er immer nur von Edgars „schöner Mama" gesprochen hatte. Es war ausgemachte Sache für ihn, daß der mitteilsame Knabe nicht früher ruhen würde, ehe er seine Mama und ihn zusammengeführt hätte. Er selbst brauchte nun keinen Finger zu rühren, um die Distanz zwischen sich und der schönen Unbekannten zu verringern, konnte nun ruhig träumen und die

Landschaft überschauen, denn er wußte, ein paar heiße Kinderhände bauten ihm die Brücke zu ihrem Herzen.

Terzett

Der Plan war, wie sich eine Stunde später erwies, vortrefflich und bis in die letzten Einzelheiten gelungen. Als der junge Baron, mit Absicht etwas verspätet, den Speisesaal betrat, zuckte Edgar vom Sessel auf, grüßte eifrig mit einem beglückten Lächeln und winkte ihm zu. Gleichzeitig zupfte er seine Mutter am Ärmel, sprach hastig und erregt auf sie ein, mit auffälligen Gesten gegen den Baron hindeutend. Sie verwies ihm geniert und errötend sein allzu reges Benehmen, konnte es aber doch nicht vermeiden, einmal hinüberzusehen, um dem Buben seinen Willen zu tun, was der Baron sofort zum Anlaß einer respektvollen Verbeugung nahm. Die Bekanntschaft war gemacht. Sie mußte danken, beugte aber von nun ab das Gesicht tiefer über den Teller und vermied sorgfältig während des ganzen Diners nochmals hinüberzublicken. Anders Edgar, der unablässig hinguckte, einmal sogar versuchte hinüberzusprechen, eine Unstatthaftigkeit, die ihm sofort von seiner Mutter energisch verwiesen wurde. Nach Tisch wurde ihm bedeutet, daß er schlafen zu gehen habe, und ein emsiges Wispern begann zwischen ihm und seiner Mama, dessen Endresultat war, daß es seinen heißen Bitten verstattet wurde, zum andern Tisch hinüberzugehen und sich bei seinem Freund zu empfehlen. Der Baron sagte ihm ein paar herzliche Worte, die wieder die Augen des Kindes zum Flackern brachten, plauderte mit ihm ein paar Minuten. Plötzlich aber, mit einer geschickten Wendung, drehte er sich, aufstehend, zum andern Tisch hinüber, beglückwünschte die etwas verwirrte Nachbarin zu ihrem klugen, aufgeweckten Sohn, rühmte den Vormittag, den er so vortrefflich mit ihm verbracht hatte – Edgar stand dabei, rot vor Freude und Stolz –, und erkundigte sich schließlich nach seiner Gesundheit so ausführlich und mit so viel Einzelfragen, daß die Mutter zur Antwort gezwungen war. Und so gerieten sie unaufhaltsam in ein längeres Gespräch, dem der Bub beglückt und mit einer Art Ehrfurcht lauschte. Der Baron stellte sich vor und glaubte zu bemerken, daß sein klingender Name auf die Eitle einen gewissen Eindruck machte. Jedenfalls war sie von außerordentlicher Zuvorkommenheit gegen ihn, wiewohl sie sich nichts vergab und sogar frühen Abschied nahm, des Buben halber, wie sie entschuldigend beifügte.

Der protestierte heftig, er sei nicht müde und gerne bereit, die ganze Nacht aufzubleiben. Aber schon hatte seine Mutter dem Baron die Hand geboten, der sie respektvoll küßte.

Edgar schlief schlecht in dieser Nacht. Es war eine Wirrnis in ihm von Glückseligkeit und kindischer Verzweiflung. Denn heute war etwas Neues in seinem Leben geschehn. Zum ersten Male hatte er in die Schicksale von Erwachsenen eingegriffen. Er vergaß, schon im Halbtraum, seine eigene Kindheit und dünkte sich mit einem Male groß. Bisweilen hatte er, einsam erzogen und oft kränklich, wenig Freunde gehabt. Für all sein Zärtlichkeitsbedürfnis war niemand dagewesen als die Eltern, die sich wenig um ihn kümmerten, und die Dienstboten. Und die Gewalt einer Liebe wird immer falsch bemessen, wenn man sie nur nach ihrem Anlaß wertet und nicht nach der Spannung, die ihr vorausgeht, jenem hohlen, dunkeln Raum von Enttäuschung und Einsamkeit, der vor allen großen Ereignissen des Herzens liegt. Ein überschweres, ein unverbrauchtes Gefühl hatte hier gewartet und stürzte nun mit ausgebreiteten Armen dem ersten entgegen, der es zu verdienen schien. Edgar lag im Dunkeln, beglückt und verwirrt, er wollte lachen und mußte weinen. Denn er liebte diesen Menschen, wie er nie einen Freund, nie Vater und Mutter und nicht einmal Gott geliebt hatte. Die ganze unreife Leidenschaft seiner früheren Jahre umklammerte das Bild dieses Menschen, dessen Namen er vor zwei Stunden noch nicht gekannt hatte.

Aber er war doch klug genug, um durch das Unerwartete und Eigenartige dieser neuen Freundschaft nicht bedrängt zu sein. Was ihn so sehr verwirrte, war das Gefühl seiner Unwertigkeit, seiner Nichtigkeit. „Passe ich denn zu ihm, ich, ein kleiner Bub, zwölf Jahre alt, der noch die Schule vor sich hat, der abends vor allen andern ins Bett geschickt wird?“ quälte er sich ab. „Was kann ich ihm sein, was kann ich ihm bieten?“ Gerade dieses qualvoll empfundene Unvermögen, irgendwie sein Gefühl zeigen zu können, machte ihn unglücklich. Sonst, wenn er einen Kameraden liebgewonnen hatte, war es sein Erstes, die paar kleinen Kostbarkeiten seines Pultes, Briefmarken und Steine, den kindischen Besitz der Kindheit, mit ihm zu teilen, aber all diese Dinge, die ihm gestern noch von hoher Bedeutung und seltenem Reiz waren, schienen ihm mit einem Male entwertet, läppisch und verächtlich. Denn wie konnte er derlei diesem neuen Freunde bieten, dem er nicht einmal wagen durfte, das Du zu erwidern; wo war ein Weg, eine Möglichkeit, seine Gefühle zu verraten? Immer mehr und mehr empfand er die Qual, klein zu sein, etwas Halbes, Unreifes, ein Kind von zwölf Jahren, und noch nie hatte er so stürmisch das Kindsein verflucht, so herzlich sich gesehnt, anders aufzuwachen, so wie er sich träumte: groß und stark, ein Mann, ein Erwachsener wie die andern.

In diese unruhigen Gedanken flochten sich rasch die ersten farbigen Träume von dieser neuen Welt des Mannseins. Edgar schlief endlich mit einem Lächeln ein, aber doch, die Erinnerung der morgigen Verabredung unterhöhlte seinen Schlaf. Er schreckte schon um sieben Uhr mit der Angst auf, zu spät zu kommen. Hastig zog er sich an, begrüßte die erstaunte Mutter, die ihn sonst nur mit Mühe aus dem Bette bringen konnte, in ihrem Zimmer und stürmte, ehe sie weitere Fragen stellen konnte, hinab. Bis neun Uhr trieb er sich ungeduldig umher, vergaß, daß er frühstücken sollte, einzig besorgt, den Freund für den Spaziergang nicht lange warten zu lassen.

Um halb zehn kam endlich der Baron sorglos angeschlendert. Er hatte natürlich längst die Verabredung vergessen, jetzt aber, da der Knabe gierig auf ihn losschnellte, mußte er lächeln über soviel Leidenschaft und zeigte sich bereit, sein Versprechen einzuhalten. Er nahm den Buben wieder unterm Arm, ging mit dem Strahlenden auf und nieder, nur daß er sanft, aber nachdrücklich abwehrte, schon jetzt den gemeinsamen Spaziergang zu beginnen. Er schien auf irgend etwas zu warten, wenigstens deutete darauf sein nervös die Türen abgreifender Blick. Plötzlich straffte er sich empor. Edgars Mama war hereingetreten und kam, den Gruß erwidernd, freundlich auf beide zu. Sie lächelte zustimmend, als sie von dem beabsichtigten Spaziergang vernahm, den ihr Edgar als etwas zu Kostbares verschwiegen hatte, ließ sich aber rasch von der Einladung des Barons zum Mitgehen bestimmen.

Edgar wurde sofort mürrisch und biß die Lippen. Wie ärgerlich, daß sie gerade jetzt vorbeikommen mußte! Dieser Spaziergang hatte doch ihm allein gehört, und wenn er seinen Freund auch der Mama vorgestellt hatte, so war das nur eine Liebenswürdigkeit von ihm gewesen, aber teilen wollte er ihn deshalb nicht. Schon regte sich in ihm etwas wie Eifersucht, als er die Freundlichkeit des Barons zu seiner Mutter bemerkte.

Sie gingen dann zu dritt spazieren, und das gefährliche Gefühl seiner Wichtigkeit und plötzlichen Bedeutsamkeit wurde in dem Kinde noch genährt durch das auffällige Interesse, das beide ihm widmeten. Edgar war fast ausschließlich Gegenstand der Konversation, indem sich die Mutter mit etwas erheuchelter Besorgnis über seine Blässe und Nervosität aussprach, während der Baron wieder dies lächelnd abwehrte und sich rühmend über die nette Art seines „Freundes“, wie er ihn nannte, erging. Es war Edgars schönste Stunde. Er hatte Rechte, die ihm niemals im Laufe seiner Kindheit zugestanden worden waren. Er durfte mitreden, ohne sofort zur Ruhe verwiesen zu werden, sogar allerhand vorlaute Wünsche äußern, die ihm bislang übel aufgenommen worden wären. Und es war nicht verwunderlich, daß in ihm das trügerische Gefühl üppig wuchernd wuchs, daß er ein Erwachsener sei. Schon lag die Kindheit in seinen hellen Träumen hinter ihm, wie ein weggeworfenes, entwachsenes Kleid.

Mittag saß der Baron, der Einladung der immer freundlicheren Mutter Edgars folgend, an ihrem Tisch. Aus dem vis-à-vis war ein Nebeneinander geworden, aus der Bekanntschaft eine Freundschaft. Das Terzett war im Gang, und die drei Stimmen der Frau, des Mannes und des Kindes klangen rein zusammen.

Angriff

Nun schien es dem ungeduldigen Jäger an der Zeit, sein Wild anzuschleichen. Das Familiäre, der Dreiklang in dieser Angelegenheit mißfiel ihm. Es war ja ganz nett, so zu dritt zu plaudern, aber schließlich, Plaudern war nicht seine Absicht. Und er wußte, daß das Gesellschaftliche mit dem Maskenspiel seiner Begehrlichkeit das Erotische zwischen Mann und Frau immer retardiert, den Worten die Glut, dem Angriff sein Feuer nimmt. Sie sollte über der Konversation nie seine eigentliche Absicht vergessen, die er – dessen war er sicher – von ihr bereits verstanden wußte.

Daß sein Bemühen bei dieser Frau nicht vergeblich sein würde, hatte viel Wahrscheinlichkeiten. Sie war in jenen entscheidenden Jahren, wo eine Frau zu bereuen beginnt, einem eigentlich nie geliebten Gatten treu geblieben zu sein, und wo der purpurne Sonnenuntergang ihrer Schönheit ihr noch eine letzte dringlichste Wahl zwischen dem Mütterlichen und dem Weiblichen gewährt. Das Leben, das schon längst beantwortet schien, wird in dieser Minute noch einmal zur Frage, zum letzten Male zittert die magnetische Nadel des Willens zwischen der Hoffnung auf erotisches Erleben und der endgültigen Resignation. Eine Frau hat dann die gefährliche Entscheidung, ihr eigenes Schicksal oder das ihrer Kinder zu leben, Frau oder Mutter zu sein. Und der Baron, scharfsichtig in diesen Dingen, glaubte bei ihr gerade dieses gefährliche Schwanken zwischen Lebensglut und Aufopferung zu bemerken. Sie vergaß beständig im Gespräch, ihren Gatten zu erwähnen, der offenbar nur ihren äußeren Bedürfnissen, nicht aber ihren durch vornehme Lebensführung gereizten Snobismus zu befriedigen schien, und wußte innerlich eigentlich herzlich wenig

von ihrem Kinde. Ein Schatten von Langeweile, als Melancholie in den dunklen Augen verschleiert, lag über ihrem Leben und verdunkelte ihre Sinnlichkeit.
Der Baron beschloß rasch vorzugehen, aber gleichzeitig jeden Anschein von Eile zu vermeiden. Im Gegenteil, er wollte, wie der Angler den Haken lockend zurückzieht, dieser neuen Freundschaft seinerseits äußerliche Gleichgültigkeit entgegensetzen, wollte um sich werben lassen, während er doch in Wahrheit der Werbende war. Er nahm sich vor, einen gewissen Hochmut zu outrieren, den Unterschied ihres sozialen Standes scharf herauszukehren, und der Gedanke reizte ihn, nur durch das Betonen seines Hochmutes, durch ein Äußeres, durch einen klingenden aristokratischen Namen und kalte Manieren diesen üppigen, vollen schönen Körper gewinnen zu können.
Das heiße Spiel begann ihn schon zu erregen, und darum zwang er sich zur Vorsicht. Den Nachmittag verblieb er in seinem Zimmer mit dem angenehmen Bewußtsein, gesucht und vermißt zu werden. Aber diese Abwesenheit wurde nicht so sehr von ihr bemerkt, gegen die sie eigentlich gezielt war, sondern gestaltete sich für den armen Buben zur Qual. Edgar fühlte sich den ganzen Nachmittag unendlich hilflos und verloren; mit der Knaben eigenen

hartnäckigen Treue wartete er die ganzen langen Stunden unablässig auf seinen Freund. Es wäre ihm wie ein Vergehen gegen die Freundschaft erschienen, wegzugehen oder irgend etwas allein zu tun. Unnütz trollte er sich in den Gängen herum, und je später es wurde, um so mehr füllte sich sein Herz mit Unglück an. In der Unruhe seiner Phantasie träumte er schon von einem Unfall oder einer unbewußt zugefügten Beleidigung und war schon nahe daran, zu weinen vor Ungeduld und Angst.

Als der Baron dann abends zu Tisch kam, wurde er glänzend empfangen. Edgar sprang, ohne auf den abmahnenden Ruf seiner Mutter und das Erstaunen der anderen Leute zu achten, ihm entgegen, umfaßte stürmisch seine Brust mit den mageren Ärmchen. „Wo waren Sie? Wo sind Sie gewesen?" rief er hastig. „Wir haben Sie überall gesucht." Die Mutter errötete bei dieser unwillkommenen Einbeziehung und sagte ziemlich hart: „Sois sage, Edgar! Assieds toi!" (Sie sprach nämlich immer Französisch mit ihm, obwohl ihr diese Sprache gar nicht so sehr selbstverständlich war und sie bei umständlichen Erläuterungen leicht auf Sand geriet.) Edgar gehorchte, ließ aber nicht ab, den Baron auszufragen. „Aber vergiß doch nicht, daß der Herr Baron tun kann, was er will. Vielleicht langweilt ihn unsere Gesellschaft." Diesmal bezog sie sich selber ein, und der Baron fühlte mit Freude, wie dieser Vorwurf um ein Kompliment warb.

Der Jäger in ihm wachte auf. Er war berauscht, erregt, so rasch hier die richtige Fährte gefunden zu haben, das Wild ganz nahe vor dem Schuß nun zu fühlen. Seine Augen glänzten, das Blut flog ihm leicht durch die Adern, die Rede sprudelte ihm, er wußte selbst nicht wie, von den Lippen. Er war, wie jeder stark erotisch veranlagte Mensch doppelt so gut, doppelt er selbst, wenn er wußte, daß er Frauen gefiel, so wie manche Schauspieler erst feurig werden, wenn sie die Hörer, die atmende Masse vor ihnen ganz im Bann spüren. Er war immer ein guter, mit sinnlichen Bildern begabter Erzähler gewesen, aber heute – er trank ein paar Gläser Champagner dazwischen, den er zu Ehren der neuen Freundschaft bestellt hatte – übertraf er sich selbst. Er erzählte von indischen Jagden, denen er als Gastfreund eines hohen aristokratischen englischen Freundes beigewohnt hatte, klug dies Thema wählend, weil es indifferent war und er anderseits spürte, wie alles Exotische und für sie Unerreichbare diese Frau erregte. Wen er aber damit bezauberte, das war vor allem Edgar, dessen Augen vor Begeisterung flammten. Er vergaß zu essen, zu trinken und starrte dem Erzähler die Worte von den Lippen weg. Nie hatte er gehofft, einen Menschen wirklich zu sehen, der diese ungeheuren Dinge erlebt hatte, von denen er in seinen Büchern las, die Tigerjagden, die braunen Menschen, die Hindus und das Dschaggernat, das furchtbare Rad, das tausend Menschen unter seinen Speichen begrub. Bisher hatte er nie daran gedacht, daß es solche Menschen wirklich gäbe, so wenig wie er die Länder der Märchen glaubte, und diese Sekunde sprengte in ihm irgendein großes Gefühl zum ersten Male auf. Er konnte den Blick von seinem Freunde nicht wenden, starrte mit gepreßtem Atem auf die Hände da hart vor ihm, die einen Tiger getötet hatten. Kaum wagte er etwas zu fragen, und dann klang seine Stimme fieberig erregt. Seine rasche Phantasie zauberte ihm immer das Bild zu den Erzählungen herauf, er sah den Freund hoch auf einem Elefanten mit purpurner Schabracke, braune Männer rechts und links mit kostbaren Turbans und dann plötzlich den Tiger, der mit seinen gebleckten Zähnen aus dem Dschungel vorsprang und dem Elefanten die Pranke in den Rüssel schlug. Jetzt erzählte der Baron noch Interessanteres, wie listig man Elefanten fing, indem man durch alte, gezähmte Tiere die jungen, wilden und übermütigen in die Verschläge locken ließ: die Augen des Kindes sprühten Feuer. Da sagte – ihm war, als fiele blitzend ein Messer vor ihm nieder – die Mama plötzlich, mit einem Blick auf die Uhr: „Neuf heures! Au lit!“

Edgar wurde blaß vor Schreck. Für alle Kinder ist das Zu-Bette-geschickt-werden ein furchtbares Wort, weil es für sie die offenkundigste Demütigung vor den Erwachsenen ist, das Eingeständnis, das Stigma der Kindheit, des Kleinseins, der kindischen Schlafbedürftigkeit. Aber wie furchtbar war solche Schmach in diesem interessantesten Augenblick, da sie ihn solche unerhörte Dinge versäumen ließ.

„Nur das eine noch, Mama, das von den Elefanten, nur das laß mich hören!"

Er wollte zu betteln beginnen, besann sich aber rasch auf seine neue Würde als Erwachsener. Einen einzigen Versuch wagte er bloß. Aber seine Mutter war heute merkwürdig streng. „Nein, es ist schon spät. Geh nur hinauf! Sois sage, Edgar. Ich erzähl dir schon alle die Geschichten des Herrn Barons genau wieder."

Edgar zögerte. Sonst begleitete ihn seine Mutter immer zu Bette. Aber er wollte nicht betteln vor dem Freunde. Sein kindischer Stolz wollte diesem kläglichen Abgang noch einen Schein von Freiwilligkeit retten.

„Aber wirklich, Mama, du erzählst mir alles, alles! Das von den Elefanten und alles andere!"

„Ja, mein Kind."

„Und sofort! Noch heute!“

„Ja, ja, aber jetzt geh nur schlafen. Geh!“

Edgar bewunderte sich selbst, daß es ihm gelang, dem Baron und seiner Mama die Hand zu reichen, ohne zu erröten, obschon das Schluchzen ihm schon ganz hoch in der Kehle saß. Der Baron beutelte ihm freundschaftlich den Schopf, das zwang noch ein Lächeln über sein gespanntes Gesicht. Aber dann mußte er rasch zur Türe eilen, sonst hätten sie gesehen, wie ihm die dicken Tränen über die Wangen liefen.

Die Elefanten

Die Mutter blieb noch eine Zeitlang unten mit dem Baron bei Tisch, aber sie sprachen nicht von Elefanten und Jagden mehr. Eine leise Schwüle, eine rasch auffliegende Verlegenheit kam in ihr Gespräch, seit der Bub sie verlassen hatte. Schließlich gingen sie hinüber in die Hall und setzten sich in eine Ecke. Der Baron war blendender als je, sie selbst leicht befeuert durch die paar Glas Champagner, und so nahm die Konversation rasch einen gefährlichen Charakter an. Der Baron war eigentlich nicht hübsch zu nennen, er war nur jung und blickte sehr männlich aus seinem dunkelbraunen energischen Bubengesicht mit dem kurz geschorenen Haar und entzückte sie durch die frischen, fast ungezogenen Bewegungen. Sie sah ihn gern jetzt von der Nähe und fürchtete auch nicht mehr seinen Blick. Doch allmählich schlich sich in seine Reden eine Kühnheit, die sie leicht verwirrte, etwas, das wie Greifen an ihrem Körper war, ein Betasten und wieder Lassen, irgendein unfaßbar Begehrliches, das ihr das Blut in die Wangen trieb. Aber dann lachte er wieder leicht, ungezwungen, knabenhaft, und das gab all den kleinen Begehrlichkeiten den losen Schein kindlicher Scherze. Manchmal war ihr, als müßte sie ein Wort schroff zurückweisen, aber kokett von Natur, wurde sie durch diese kleinen Lüsternheiten nur gereizt, mehr abzuwarten. Und hingerissen von dem verwegenen Spiel versuchte sie am Ende sogar, ihm nachzutun. Sie warf kleine, flatternde Versprechungen auf den Blicken hinüber, gab sich in Worten und Bewegungen schon hin, duldete sogar sein Heranrücken, die Nähe seiner Stimme, deren Atem sie manchmal warm und zuckend an den Schultern spürte. Wie alle Spieler vergaßen sie die Zeit und verloren sich so gänzlich in dem heißen Gespräch, daß sie erst aufschreckten, als die Hall sich um Mitternacht abzudunkeln begann.

Sie sprang sofort empor, dem ersten Erschrecken gehorchend, und fühlte mit einem Male, wie verwegen weit sie sich vorgewagt hatte.

Ihr war sonst das Spiel mit dem Feuer nicht fremd, aber jetzt spürte ihr aufgereizter Instinkt, wie nahe dieses Spiel schon dem Ernste war. Mit Schauern entdeckte sie, daß sie sich nicht mehr ganz sicher fühlte, daß irgend etwas in ihr zu gleiten begann und sich beängstigend dem Wirbel zudrehte. Im Kopf wogte alles in einem Wirbel von Angst, von Wein und heißen Reden, eine dumme, sinnlose Angst überfiel sie, jene Angst, die sie schon einige Male in ihrem Leben in solchen gefährlichen Sekunden gekannt hatte, aber nie so schwindelnd und gewalttätig. „Gute Nacht, gute Nacht. Auf morgen früh“, sagte sie hastig und wollte entlaufen. Entlaufen nicht ihm so sehr, wie der Gefahr dieser Minute und einer neuen, fremdartigen Unsicherheit in sich selbst. Aber der Baron hielt die dargebotene Abschiedshand mit sanfter Gewalt, küßte sie, und nicht nur in Korrektheit ein einziges Mal, sondern vier- oder fünfmal mit den Lippen von den feinen Fingerspitzen bis hinauf zum Handgelenk, zitternd, wobei sie mit einem leichten Frösteln seinen rauhen Schnurrbart über den Handrücken kitzeln fühlte. Irgendein warmes und beklemmendes Gefühl flog von dort mit dem Blut durch den ganzen Körper, Angst schoß heiß empor, hämmerte drohend an die Schläfen, ihr Kopf glühte, die Angst, die sinnlose

Angst zuckte jetzt durch ihren ganzen Körper, und sie entzog ihm rasch die Hand.

„Bleiben Sie doch noch“, flüsterte der Baron. Aber schon eilte sie fort mit einer Ungelenkigkeit der Hast, die ihre Angst und Verwirrung augenfällig machte. In ihr war jetzt die Erregtheit, die der andere wollte, sie fühlte, wie alles in ihr verworren war. Die grausam brennende Angst jagte sie, der Mann hinter ihr möchte ihr folgen und sie fassen, gleichzeitig aber, noch im Entspringen, spürte sie schon ein Bedauern, daß er es nicht tat. In dieser Stunde hätte das geschehen können, was sie seit Jahren unbewußt ersehnte, das Abenteuer, dessen nahen Hauch sie wollüstig liebte, um ihm bisher immer im letzten Augenblick zu entweichen, das große und gefährliche, nicht nur der flüchtige, aufreizende Flirt. Aber der Baron war zu stolz, einer günstigen Sekunde nachzulaufen. Er war seines Sieges zu gewiß, um diese Frau räuberisch in einer schwachen, weintrunkenen Minute zu nehmen, im Gegenteil, den fairen Spieler reizte nur der Kampf und die Hingabe bei vollem Bewußtsein. Entrinnen konnte sie ihm nicht. Ihr zuckte, das merkte er, das heiße Gift schon in den Adern.

Oben auf der Treppe blieb sie stehen, die Hand an das keuchende Herz gepreßt. Sie mußte ausruhen eine Sekunde. Ihre Nerven versagten. Ein Seufzer brach aus der Brust, halb Beruhigung, einer Gefahr entronnen zu sein, halb Bedauern; aber das alles war verworren und wirrte im Blut nur als leises Schwindligsein weiter. Mit halbgeschlossenen Augen, wie eine Betrunkene, tappte sie weiter zu ihrer Türe und atmete auf, da sie jetzt die kühle Klinke faßte. Jetzt empfand sie sich erst in Sicherheit!

Leise bog sie die Türe ins Zimmer. Und schrak schon zurück in der nächsten Sekunde. Irgend etwas hatte sich gerührt in dem Zimmer, ganz rückwärts im Dunkeln. Ihre erregten Nerven zuckten grell, schon wollte sie um Hilfe schreien, da kam es leise von drinnen, mit ganz schlaftrunkener Stimme: „Bist du es, Mama?"

„Um Gottes willen, was machst du da?" Sie stürzte hin zum Diwan, wo Edgar zusammengeknüllt lag und sich eben vom Schlafe aufraffte. Ihr erster Gedanke war, das Kind müsse krank sein oder Hilfe bedürftig.

Aber Edgar sagte, ganz verschlafen noch und mit leisem Vorwurf: „Ich habe so lange auf dich gewartet, und dann bin ich eingeschlafen."

„Warum denn?"

„Wegen der Elefanten."

„Was für Elefanten?"

Jetzt erst begriff sie. Sie hatte ja dem Kinde versprochen, alles zu erzählen, heute noch, von der Jagd und den Abenteuern. Und da hatte sich dieser Bub auf ihr Zimmer geschlichen, dieser einfältige, kindische Bub, und im sicheren Vertrauen gewartet, bis sie kam, und war darüber eingeschlafen. Die Extravaganz empörte sie. Oder eigentlich, sie fühlte Zorn gegen sich selbst, ein leises Raunen von Schuld und Scham, das sie überschreien wollte. „Geh sofort zu Bett, du ungezogener Fratz", schrie sie ihn an. Edgar staunte ihr entgegen. Warum war sie so zornig mit ihm, er hatte doch nichts getan? Aber diese Verwunderung reizte die schon Aufgeregte noch mehr. „Geh sofort in dein Zimmer", schrie sie wütend, weil sie fühlte, daß sie ihm unrecht tat. Edgar ging ohne ein Wort. Er war eigentlich furchtbar müde und spürte nur verworren durch den drückenden Nebel von Schlaf, daß seine Mutter ein Versprechen nicht gehalten hatte und daß man in irgendeiner Weise gegen ihn schlecht war. Aber er revoltierte nicht. In ihm war alles stumpf durch die Müdigkeit; und dann, er ärgerte sich sehr, hier oben eingeschlafen zu sein, statt wach zu warten. „Ganz wie ein kleines Kind", sagte er empört zu sich selber, ehe er wieder in Schlaf fiel.

Denn seit gestern haßte er seine eigene Kindheit.

Geplänkel

Der Baron hatte schlecht geschlafen. Es ist immer gefährlich, nach einem abgebrochenen Abenteuer zu Bette zu gehen: eine unruhige, von schwülen Träumen gefährdete Nacht ließ es ihn bald bereuen, die Minute nicht mit hartem Griff gepackt zu haben. Als er morgens, noch von Schlaf und Mißmut umwölkt, hinunterkam, sprang ihm der Knabe aus einem Versteck entgegen, schloß ihn begeistert in die Arme und begann ihn mit tausend Fragen zu quälen. Er war glücklich, seinen großen Freund wieder eine Minute für sich zu haben und nicht mit der Mama teilen zu müssen. Nur ihm sollte er erzählen, nicht mehr Mama, bestürmte er ihn, denn die hätte, trotz ihres Versprechens, ihm nichts von all den wunderbaren Dingen wiedergesagt. Er überschüttete den unangenehm Aufgeschreckten, der seine Mißlaune nur schlecht verbarg, mit hundert kindischen Belästigungen. In diese Fragen mengte er überdies stürmische Bezeugungen seiner Liebe, glückselig, wieder mit dem Langgesuchten und seit frühmorgens Erwarteten allein zu sein.

Der Baron antwortete unwirsch. Dieses ewige Auflauern des Kindes, die Läppischkeit der Fragen, wie überhaupt die unbegehrte Leidenschaft begann ihn zu langweilen. Er war müde, nun tagaus, tagein mit einem zwölfjährigen Buben herumzuziehen und mit ihm

Unsinn zu schwatzen. Ihm lag jetzt nur daran, die Mutter allein zu fassen, was eben durch des Kindes unerwünschte Anwesenheit zum Problem wurde. Ein erstes Unbehagen vor dieser unvorsichtig geweckten Zärtlichkeit bemächtigte sich seiner, denn vorläufig sah er keine Möglichkeit, den allzu anhänglichen Freund loszuwerden. Immerhin: es kam auf den Versuch an. Bis zehn Uhr, der Stunde, die er mit der Mutter zum Spaziergang verabredet hatte, ließ er das eifrige Gerede des Buben achtlos über sich hinplätschern, warf manchmal einen Brocken Gespräch hin, um ihn nicht zu beleidigen, durchblätterte aber gleichzeitig die Zeitung. Endlich, als der Zeiger fast senkrecht stand, bat er Edgar, wie sich plötzlich erinnernd, für ihn ins andere Hotel bloß einen Augenblick hinüberzugehen, um dort nachzufragen, ob der Graf Grundheim, sein Vetter, schon angekommen sei.

Das arglose Kind, glückselig, endlich einmal seinem Freund mit etwas dienlich sein zu können, stolz auf seine Würde als Bote, sprang sofort weg und stürmte so toll den Weg hin, daß die Leute ihm verwundert nachstarrten. Aber ihm war gelegen, zu zeigen, wie flink er war, wenn man ihm Botschaften vertraute. Der Graf war, so sagte man ihm dort, noch nicht eingetroffen, ja zur Stunde gar nicht angemeldet. Diese Nachricht brachte er in neuerlichem

Sturmschritt zurück. Aber in der Halle war der Baron nicht mehr zu finden. So klopfte er an seine Zimmertür, – vergeblich! Beunruhigt rannte er alle Räume ab, das Musikzimmer und das Kaffeehaus, stürmte aufgeregt zu seiner Mama, um Erkundigungen einzuziehen: auch sie war fort. Der Portier, an den er sich schließlich ganz verzweifelt wandte, sagte ihm zu seiner Verblüffung, sie seien beide vor einigen Minuten gemeinsam weggegangen!

Edgar wartete geduldig. Seine Arglosigkeit vermutete nichts Böses. Sie konnten ja nur eine kurze Weile wegbleiben, dessen war er sicher, denn der Baron brauchte ja seinen Bescheid. Aber die Zeit streckte breit ihre Stunden, Unruhe schlich sich an ihn heran. Überhaupt, seit dem Tage, da sich dieser fremde, verführerische Mensch in sein kleines, argloses Leben gemengt hatte, war das Kind den ganzen Tag angespannt, gehetzt und verwirrt. In einen so feinen Organismus, wie den der Kinder, drückt jede Leidenschaft wie in weiches Wachs ihre Spuren. Das nervöse Zittern der Augenlider trat wieder auf, schon sah er blässer aus. Edgar wartete und wartete, geduldig zuerst, dann wild erregt und schließlich schon dem Weinen nah. Aber argwöhnisch war er noch immer nicht. Sein blindes Vertrauen in diesen wundervollen Freund vermutete ein

Mißverständnis, und geheime Angst quälte ihn, er möchte vielleicht den Auftrag falsch verstanden haben.

Wie seltsam aber war erst dies, daß sie jetzt, da sie endlich zurückkamen, heiter plaudernd blieben und gar keine Verwunderung bezeigten. Es schien, als hätten sie ihn gar nicht sonderlich vermißt: „Wir sind dir entgegengegangen, weil wir hofften, dich am Weg zu treffen, Edi“, sagte der Baron, ohne sich nach dem Auftrag zu erkundigen. Und als das Kind, ganz erschrocken, sie könnten ihn vergebens gesucht haben, zu beteuern begann, er sei nur auf dem geraden Wege der Hochstraße gelaufen, und wissen wollte, welche Richtung sie gewählt hätten, da schnitt die Mama kurz das Gespräch ab. „Schon gut, schon gut! Kinder sollen nicht soviel reden.“

Edgar wurde rot vor Ärger. Das war nun schon das zweite Mal so ein niederträchtiger Versuch, ihn vor seinem Freund herabzusetzen. Warum tat sie das, warum versuchte sie immer, ihn als Kind darzustellen, das er doch – er war davon überzeugt – nicht mehr war? Offenbar war sie ihm neidisch auf seinen Freund und plante, ihn zu sich herüberzuziehen. Ja, und sicherlich war sie es auch, die den Baron mit Absicht den falschen Weg geführt hatte. Aber er ließ sich nicht von ihr mißhandeln, das sollte sie sehen. Er wollte ihr

schon Trotz bieten. Und Edgar beschloß, heute bei Tisch kein Wort mit ihr zu reden, nur mit seinem Freund allein.
Doch das wurde ihm hart. Was er am wenigsten erwartet hatte, trat ein: man bemerkte seinen Trotz nicht. Ja, sogar ihn selber schienen sie nicht zu sehen, ihn, der doch gestern Mittelpunkt ihres Beisammenseins gewesen war! Sie sprachen beide über ihn hinweg, scherzten zusammen und lachten, als ob er unter den Tisch gesunken wäre. Das Blut stieg ihm zu den Wangen, in der Kehle saß ein Knollen, der ihm den Atem erwürgte. Mit Schauern wurde er seiner entsetzlichen Machtlosigkeit bewußt. Er sollte also hier ruhig sitzen und zusehen, wie seine Mutter ihm den Freund wegnahm, den einzigen Menschen, den er liebte, und sollte sich nicht wehren können, nicht anders als durch Schweigen? Ihm war, als müßte er aufstehen und plötzlich mit beiden Fäusten auf den Tisch losschlagen. Nur damit sie ihn bemerkten. Aber er hielt sich zusammen, legte bloß Gabel und Messer nieder und rührte keinen Bissen mehr an. Aber auch dies hartnäckige Fasten merkten sie lange nicht, erst beim letzten Gang fiel es der Mutter auf, und sie fragte, ob er sich nicht wohl fühle. Widerlich, dachte er sich, immer denkt sie nur das eine, ob ich nicht krank bin, sonst ist ihr alles einerlei. Er antwortete kurz, er habe keine Lust, und damit gab sie

sich zufrieden. Nichts, gar nichts erzwang ihm Beachtung. Der Baron schien ihn vergessen zu haben, wenigstens richtete er nicht ein einziges Mal das Wort an ihn. Heißer und heißer quoll es ihm in die Augen, und er mußte die kindische List anwenden, rasch die Serviette zu heben, ehe es jemand sehen konnte, daß Tränen über seine Wangen sprangen und ihm salzig die Lippen näßten. Er atmete auf, wie das Essen zu Ende war.

Während des Diners hatte seine Mutter eine gemeinsame Wagenfahrt nach Maria-Schutz vorgeschlagen. Edgar hatte es gehört, die Lippe zwischen den Zähnen. Nicht eine Minute wollte sie ihn also mehr mit seinem Freunde allein lassen. Aber sein Haß stieg erst wild auf, als sie ihm jetzt beim Aufstehen sagte: „Edgar, du wirst noch alles für die Schule vergessen, du solltest doch einmal zu Hause bleiben, ein bißchen nachlernen!“ Wieder ballte er die kleine Kinderfaust. Immer wollte sie ihn vor seinem Freund demütigen, immer daran öffentlich erinnern, daß er noch ein Kind war, daß er in die Schule gehen mußte und nur geduldet unter Erwachsenen war. Diesmal war ihm die Absicht aber doch zu durchsichtig. Er gab gar keine Antwort, sondern drehte sich kurzweg um.

„Aha, wieder beleidigt", sagte sie lächelnd, und dann zum Baron: „Wäre das wirklich so arg, wenn er einmal eine Stunde arbeiten möchte?"

Und da – im Herzen des Kindes wurde etwas kalt und starr – sagte der Baron, er, der sich seinen Freund nannte, er, der ihn als Stubenhocker verhöhnt hatte: „Na, eine Stunde oder zwei könnten wirklich nicht schaden."

War das ein Einverständnis? Hatten sie sich wirklich beide gegen ihn verbündet? In dem Blick des Kindes flammte der Zorn. „Mein Papa hat verboten, daß ich hier lerne, Papa will, daß ich mich hier erhole", schleuderte er heraus mit dem ganzen Stolz auf seine Krankheit, verzweifelt sich an das Wort, an die Autorität seines Vaters anklammernd. Wie eine Drohung stieß er es heraus. Und was das merkwürdigste war: das Wort schien tatsächlich in den beiden ein Mißbehagen zu erwecken. Die Mutter sah weg und trommelte nur nervös mit den Fingern auf den Tisch. Ein peinliches Schweigen stand breit zwischen ihnen. „Wie du meinst, Edi", sagte schließlich der Baron mit einem erzwungenen Lächeln. „Ich muß ja keine Prüfung machen, ich bin schon längst bei allen durchgefallen."

Aber Edgar lächelte nicht zu dem Scherz, sondern sah ihn nur an mit einem prüfenden, sehnsüchtig eindringenden Blick, als wollte er ihm bis in die Seele greifen. Was ging da vor? Etwas war verändert zwischen ihnen, und das Kind wußte nicht warum. Unruhig ließ es die Augen wandern. In seinem Herzen hämmerte ein kleiner, hastiger Hammer: der erste Verdacht.

Brennendes Geheimnis

Was hat sie so verwandelt?“ sann das Kind, das ihnen im rollenden Wagen gegenübersaß. „Warum sind sie nicht mehr zu mir wie früher? Weshalb vermeidet Mama immer meinen Blick, wenn ich sie ansehe? Warum sucht er immer vor mir Witze zu machen und den Hanswurst zu spielen? Beide reden sie nicht mehr zu mir wie gestern und vorgestern, mir ist beinahe, als hätten sie andere Gesichter bekommen. Mama hat heute so rote Lippen, sie muß sie gefärbt haben. Das habe ich nie gesehen an ihr. Und er zieht immer die Stirne kraus, als sei er beleidigt. Ich habe ihnen doch nichts getan, kein Wort gesagt, das sie verdrießen konnte? Nein, ich kann nicht die Ursache sein, denn sie sind selbst zueinander anders wie vordem. Sie sind so, als ob sie etwas angestellt hätten, das sie sich nicht zu sagen getrauen. Sie plaudern nicht mehr wie gestern, sie lachen auch nicht, sie sind befangen, sie verbergen etwas. Irgendein Geheimnis ist zwischen ihnen, das sie mir nicht verraten wollen. Ein

Geheimnis, das ich ergründen muß um jeden Preis. Ich kenne es schon, es muß dasselbe sein, vor dem sie mir immer die Türe verschließen, von dem in den Büchern die Rede ist und in den Opern, wenn die Männer und die Frauen mit ausgebreiteten Armen gegeneinander singen, sich umfassen und sich wegstoßen. Es muß irgendwie dasselbe sein, wie das mit meiner französischen Lehrerin, die sich mit Papa so schlecht vertrug und die dann weggeschickt wurde. All diese Dinge hängen zusammen, das spüre ich, aber ich weiß nur nicht, wie. Oh, es zu wissen, endlich zu wissen, dieses Geheimnis, ihn zu fassen, diesen Schlüssel, der alle Türen aufschließt, nicht länger mehr Kind sein, vor dem man alles versteckt und verhehlt, sich nicht mehr hinhalten lassen und betrügen. Jetzt oder nie! Ich will es ihnen entreißen, dieses furchtbare Geheimnis." Eine Falte grub sich in seine Stirne, beinahe alt sah der schmächtige Zwölfjährige aus, wie er so ernst vor sich hin grübelte, ohne einen einzigen Blick an die Landschaft zu wenden, die sich in klingenden Farben rings entfaltete, die Berge im gereinigten Grün ihrer Nadelwälder, die Täler im noch zarten Glanz des verspäteten Frühlings. Er sah nur immer die beiden ihm gegenüber im Rücksitz des Wagens an, als könnte er mit diesen heißen Blicken wie mit einer Angel das Geheimnis aus den glitzernden Tiefen ihrer Augen herausreißen. Nichts schärft Intelligenz mehr als ein leidenschaftlicher Verdacht, nichts entfaltet mehr alle Möglichkeiten eines unreifen Intellekts als eine Fährte, die ins Dunkel läuft. Manchmal ist es ja nur eine einzige, dünne Tür, die Kinder von der Welt, die wir die wirkliche nennen, abtrennt, und ein zufälliger Windhauch weht sie ihnen auf.

Edgar fühlte sich mit einem Male dem Unbekannten, dem großen Geheimnis so greifbar nahe wie noch nie, er spürte es knapp vor sich, zwar noch verschlossen und unenträtselt, aber nah, ganz nah. Das erregte ihn und gab ihm diesen plötzlichen, feierlichen Ernst. Denn unbewußt ahnte er, daß er am Rand seiner Kindheit stand.

Die beiden gegenüber fühlten irgendeinen dumpfen Widerstand vor sich, ohne zu ahnen, daß er von dem Knaben ausging. Sie fühlten sich eng und gehemmt zu dritt im Wagen. Die beiden Augen ihnen gegenüber mit ihrer dunkel in sich flackernden Glut behinderten sie. Sie wagten kaum zu reden, kaum zu blicken. Zu ihrer vormaligen leichten, gesellschaftlichen Konversation fanden sie jetzt nicht mehr zurück, schon zu sehr verstrickt in dem Ton der heißen Vertraulichkeiten, jener gefährlichen Worte, in denen die schmeichelnde Unzüchtigkeit von heimlichen Betastungen zittert. Ihr Gespräch stieß immer auf Lücken und Stockungen. Es blieb stehen, wollte weiter, aber stolperte immer wieder über das hartnäckige Schweigen des Kindes.

Besonders für die Mutter war sein verbissenes Schweigen eine Last. Sie sah ihn vorsichtig von der Seite an und erschrak, als sie plötzlich in der Art, wie das Kind die Lippen verkniff, zum erstenmal eine Ähnlichkeit mit ihrem Mann erkannte, wenn er gereizt oder verärgert war. Der Gedanke war ihr unbehaglich, gerade jetzt an ihren Mann erinnert zu werden, da sie mit einem Abenteuer Versteck spielen wollte. Wie ein Gespenst, ein Wächter des Gewissens, doppelt unerträglich hier in der Enge des Wagens, zehn Zoll gegenüber mit seinen dunkel arbeitenden Augen und dem Lauern hinter der blassen Stirn, schien ihr das Kind. Da schaute Edgar plötzlich auf, eine Sekunde lang. Beide senkten sie sofort den Blick: sie spürten, daß sie sich belauerten, zum erstenmal in ihrem Leben. Bisher hatten sie einander blind vertraut, jetzt aber war etwas zwischen Mutter und Kind, zwischen ihr und ihm plötzlich anders geworden. Zum ersten Male in ihrem Leben begannen sie, sich zu beobachten, ihre beiden Schicksale voneinander zu trennen, beide schon mit einem heimlichen Haß gegeneinander, der nur noch zu neu war, als daß sie sich ihn einzugestehen wagten.

Alle drei atmeten sie auf, als die Pferde wieder vor dem Hotel hielten. Es war ein verunglückter Ausflug gewesen, alle fühlten es, und keiner wagte es zu sagen. Edgar sprang zuerst ab. Seine Mutter entschuldigte sich mit Kopfschmerzen und ging eilig hinauf. Sie war müde und wollte allein sein. Edgar und der Baron blieben zurück. Der Baron zahlte dem Kutscher, sah auf die Uhr und schritt gegen die Hall zu, ohne den Buben zu beachten. Er ging vorbei an ihm mit seinem feinen, schlanken Rücken, diesem rhythmisch leichten Wiegegang, der das Kind so bezauberte und den es gestern schon nachzuahmen versucht hatte. Er ging vorbei, glatt vorbei. Offenbar hatte er den Knaben vergessen und ließ ihn stehen neben dem Kutscher, neben den Pferden, als gehörte er nicht zu ihm.

In Edgar riß irgend etwas entzwei, wie er ihn so vorübergehen sah, ihn, den er trotz alldem noch immer so abgöttisch liebte. Verzweiflung brach aus seinem Herzen, als er so vorbeiging, ohne ihn mit dem Mantel zu streifen, ohne ihm ein Wort zu sagen, der sich doch keiner Schuld bewußt war. Die mühsam bewahrte Fassung zerriß, die künstlich erhöhte Last der Würde glitt ihm von den zu schmalen Schultern, er wurde wieder ein Kind, klein und demütig wie gestern und vordem. Es riß ihn weiter wider seinen Willen. Mit rasch zitternden Schritten ging er dem Baron nach, trat ihm, der eben die Treppe hinauf wollte, in den Weg und sagte gepreßt, mit schwer verhaltenen Tränen:

„Was habe ich Ihnen getan, daß Sie nicht mehr auf mich achten? Warum sind Sie jetzt immer so mit mir? Und die Mama auch? Warum wollen Sie mich immer wegschicken? Bin ich Ihnen lästig, oder habe ich etwas getan?"

Der Baron schrak auf. In der Stimme war etwas, das ihn verwirrte und weich stimmte. Mitleid überkam ihn mit dem arglosen Buben. „Edi, du bist ein Narr! Ich war nur schlechter Laune heute. Und du bist ein lieber Bub, den ich wirklich gern hab." Dabei schüttelte er ihn am Schopf tüchtig hin und her, aber doch das Gesicht halb abgewendet, um nicht diese großen, feuchten, flehenden Kinderaugen sehen zu müssen. Die Komödie, die er spielte, begann ihm peinlich zu werden. Er schämte sich eigentlich schon, mit der Liebe dieses Kindes so frech gespielt zu haben, und diese dünne, von unterirdischem Schluchzen geschüttelte Stimme tat ihm weh. „Geh jetzt hinauf, Edi, heute abend werden wir uns wieder vertragen, du wirst schon sehen", sagte er begütigend.

„Aber Sie dulden nicht, daß mich Mama gleich hinaufschickt. Nicht wahr?"

„Nein, nein, Edi, ich dulde es nicht“, lächelte der Baron. „Geh nur jetzt hinauf, ich muß mich anziehen für das Abendessen.“

Edgar ging, beglückt für den Augenblick. Aber bald begann der Hammer im Herzen sich wieder zu rühren. Er war um Jahre älter geworden seit gestern; ein fremder Gast, das Mißtrauen, saß jetzt schon fest in seiner kindischen Brust.

Er wartete. Es galt ja die entscheidende Probe. Sie saßen zusammen bei Tisch. Es wurde neun Uhr, aber die Mutter schickte ihn nicht zu Bett. Schon wurde er unruhig. Warum ließ sie ihn gerade heute so lange hier bleiben, sie, die sonst so genau war? Hatte ihr am Ende der Baron seinen Wunsch und das Gespräch verraten? Brennende Reue überfiel ihn plötzlich, ihm heute mit seinem vollen vertrauenden Herzen nachgelaufen zu sein. Um zehn erhob sich plötzlich seine Mutter und nahm Abschied vom Baron. Und seltsam, auch der schien durch diesen frühen Aufbruch keineswegs verwundert zu sein, suchte auch nicht, wie sonst immer, sie zurückzuhalten. Immer heftiger schlug der Hammer in der Brust des Kindes.

Nun galt es scharfe Probe. Auch er stellte sich nichtsahnend und folgte ohne Widerrede seiner Mutter zur Tür. Dort aber zuckte er plötzlich auf mit den Augen. Und wirklich, er fing in dieser Sekunde einen lächelnden Blick, der über seinen Kopf von ihr gerade zum Baron hinüberging, einen Blick des Einverständnisses, irgendeines Geheimnisses. Der Baron hatte ihn also verraten. Deshalb also der frühe Aufbruch: er sollte heute eingewiegt werden in Sicherheit, um ihnen morgen nicht mehr im Wege zu sein.

„Schuft", murmelte er.

„Was meinst du?" fragte die Mutter.

„Nichts", stieß er zwischen den Zähnen heraus. Auch er hatte jetzt sein Geheimnis. Es hieß Haß, grenzenloser Haß gegen beide.

Schweigen

Edgars Unruhe war nun vorbei. Endlich genoß er ein reines, klares Gefühl: Haß und offene Feindschaft. Jetzt, da er gewiß war, ihnen im Weg zu sein, wurde das Zusammensein für ihn zu einer grausam komplizierten Wollust. Er weidete sich im Gedanken, sie zu stören, ihnen nun endlich mit der ganzen geballten Kraft seiner Feindseligkeit entgegenzutreten. Dem Baron wies er zuerst die Zähne. Als der morgens herabkam und ihn im Vorübergehen herzlich mit einem „Servus, Edi" begrüßte, knurrte Edgar, der, ohne aufzuschauen, im Fauteuil sitzen blieb, ihm nur ein hartes „Morgen" zurück. „Ist die Mama schon unten?" Edgar blickte in die Zeitung:

„Ich weiß nicht.“ Der Baron stutzte. Was war das auf einmal? „Schlecht geschlafen, Edi, was?“ Ein Scherz sollte wie immer hinüberhelfen. Aber Edgar warf ihm nur wieder verächtlich ein „Nein“ hin und vertiefte sich neuerdings in die Zeitung. „Dummer Bub“, murmelte der Baron vor sich hin, zuckte die Achseln und ging weiter. Die Feindschaft war erklärt.

Auch gegen seine Mama war Edgar kühl und höflich. Einen ungeschickten Versuch, ihn auf den Tennisplatz zu schicken, wies er ruhig zurück. Sein Lächeln, knapp an den Lippen aufgerollt und leise von Erbitterung gekräuselt, zeigte, daß er sich nicht mehr betrügen lasse. „Ich gehe lieber mit euch spazieren, Mama“, sagte er mit falscher Freundlichkeit und blickte ihr in die Augen. Die Antwort war ihr sichtlich ungelegen. Sie zögerte und schien etwas zu suchen. „Warte hier auf mich“, entschied sie endlich und ging zum Frühstück.

Edgar wartete. Aber sein Mißtrauen war rege. Ein unruhiger Instinkt arbeitete nun zwischen jedem Wort dieser beiden eine geheime feindselige Absicht heraus. Der Argwohn gab ihm jetzt manchmal eine merkwürdige Hellsichtigkeit der Entschlüsse. Und statt, wie ihm angewiesen war, in der Hall zu warten, zog Edgar es vor, sich auf der Straße zu postieren, wo er nicht nur den einen

Hauptausgang, sondern alle Türen überwachen konnte. Irgend etwas in ihm witterte Betrug. Aber sie sollten ihm nicht mehr entwischen. Auf der Straße drückte er sich, wie er es in seinen Indianerbüchern gelernt hatte, hinter einen Holzstoß. Und lachte nur zufrieden, als er nach etwa einer halben Stunde seine Mutter tatsächlich aus der Seitentür treten sah, einen Busch prachtvoller Rosen in der Hand und gefolgt vom Baron, dem Verräter.

Beide schienen sie sehr übermütig. Atmeten sie schon auf, ihm entgangen zu sein, allein für ihr Geheimnis? Sie lachten im Gespräch und schickten sich an, den Waldweg hinabzugehen.

Jetzt war der Augenblick gekommen. Edgar schlenderte gemächlich, als hätte ein Zufall ihn hergeführt, hinter dem Holzstoß hervor. Ganz, ganz gelassen ging er auf sie zu, ließ sich Zeit, sehr viel Zeit, um sich ausgiebig an ihrer Überraschung zu weiden. Die beiden waren verblüfft und tauschten einen befremdeten Blick. Langsam, mit gespielter Selbstverständlichkeit kam das Kind heran und ließ seinen höhnischen Blick nicht von ihnen. „Ah, da bist du, Edi, wir haben dich schon drin gesucht", sagte endlich die Mutter. Wie frech sie lügt, dachte das Kind. Aber die Lippen blieben hart. Sie hielten das Geheimnis des Hasses hinter den Zähnen.

Unschlüssig standen sie alle drei. Einer lauerte auf den andern. „Also gehen wir“, sagte resigniert die verärgerte Frau und zerpflückte eine der schönen Rosen. Wieder dieses leichte Zittern um die Nasenflügel, das bei ihr Zorn verriet. Edgar blieb stehen, als ginge ihn das nichts an, sah ins Blaue, wartete, bis sie gingen, dann schickte er sich an, ihnen zu folgen. Der Baron machte noch einen Versuch. „Heute ist Tennisturnier, hast du das schon einmal gesehen?“ Edgar blickte ihn nur verächtlich an. Er antwortete ihm gar nicht mehr, zog nur die Lippen krumm, als ob er pfeifen wollte. Das war sein Bescheid. Sein Haß wies die blanken Zähne.

Wie ein Alp lastete nun seine unerbetene Gegenwart auf den beiden. Sträflinge gehen so hinter dem Wärter, mit heimlich geballten Fäusten. Das Kind tat eigentlich gar nichts und wurde ihnen doch in jeder Minute mehr unerträglich mit seinen lauernden Blicken, die feucht waren von verbissenen Tränen, seiner gereizten Mürrischkeit, die alle Annäherungsversuche wegknurrte. „Geh voraus“, sagte plötzlich wütend die Mutter, beunruhigt durch sein fortwährendes Lauschen. „Tanz mir nicht immer vor den Füßen, das macht mich nervös!“ Edgar gehorchte, aber immer nach ein paar Schritten wandte er sich um, blieb wartend stehen, wenn sie zurückgeblieben waren, sie mit seinem Blick wie der schwarze Pudel mephistophelisch umkreisend und einspinnend in dieses feurige Netz von Haß, in dem sie sich unentrinnbar gefangen fühlten.

Sein böses Schweigen zerriß wie eine Säure ihre gute Laune, sein Blick vergällte ihnen das Gespräch. Der Baron wagte kein einziges werbendes Wort mehr, er spürte, mit Zorn, diese Frau ihm wieder entgleiten, ihre mühsam angefachte Leidenschaftlichkeit jetzt auskühlen in der Furcht vor diesem lästigen, widerlichen Kind. Immer versuchten sie wieder zu reden, immer brach ihre Konversation zusammen. Schließlich trotteten sie alle drei schweigend über den Weg, hörten nur mehr die Bäume flüsternd gegeneinander schlagen und ihren eigenen verdrossenen Schritt. Das Kind hatte ihr Gespräch erdrosselt.

Jetzt war in allen dreien die gereizte Feindseligkeit. Mit Wollust spürte das verratene Kind, wie sich ihre Wut wehrlos gegen seine mißachtete Existenz ballte. Mit zwinkernd höhnischem Blick streifte er ab und zu das verbissene Gesicht des Barons. Er sah, wie der zwischen den Zähnen Schimpfworte knirschte und an sich halten mußte, um sie nicht gegen ihn zu speien, merkte zugleich auch mit diabolischer Lust den aufsteigenden Zorn seiner Mutter, und daß beide nur einen Anlaß ersehnten, sich auf ihn zu stürzen, ihn wegzuschieben oder unschädlich zu machen. Aber er bot keine

Gelegenheit, sein Haß war in langen Stunden berechnet und gab sich keine Blößen. „Gehen wir zurück!“ sagte plötzlich die Mutter. Sie fühlte, daß sie nicht länger an sich halten könnte, daß sie etwas tun müßte, aufschreien zumindest unter dieser Folter. „Wie schade,“ sagte Edgar ruhig, „es ist so schön.“

Beide merkten, daß das Kind sie verhöhnte. Aber sie wagten nichts zu sagen, dieser Tyrann hatte in zwei Tagen zu wundervoll gelernt, sich zu beherrschen. Kein Zucken im Gesicht verriet die schneidende Ironie. Ohne Wort gingen sie den langen Weg wieder heim. In ihr flackerte die Erregung noch nach, als sie dann beide allein im Zimmer waren. Sie warf den Sonnenschirm und ihre Handschuhe ärgerlich weg. Edgar merkte sofort, daß ihre Nerven erregt waren und nach Entladung verlangten, aber er wollte einen Ausbruch und blieb mit Absicht im Zimmer, um sie zu reizen. Sie ging auf und ab, setzte sich wieder hin, ihre Finger trommelten auf dem Tisch, dann sprang sie wieder auf. „Wie zerrauft du bist, wie schmutzig du umhergehst! Es ist eine Schande vor den Leuten. Schämst du dich nicht in deinem Alter?“ Ohne ein Wort der Gegenrede ging das Kind hin und kämmte sich. Dieses Schweigen, dieses obstinate kalte Schweigen mit dem Zittern von Hohn auf den Lippen machte sie rasend. Am liebsten hätte sie ihn geprügelt. „Geh auf dein Zimmer“, schrie sie ihn an. Sie konnte seine Gegenwart nicht mehr ertragen. Edgar lächelte und ging.

Wie sie jetzt beide zitterten vor ihm, wie sie Angst hatten, der Baron und sie, vor jeder Stunde des Zusammenseins, dem unbarmherzig harten Griff seiner Augen! Je unbehaglicher sie sich fühlten, in um so satterem Wohlbehagen beglänzte sich sein Blick, um so herausfordernder wurde seine Freude. Edgar quälte die Wehrlosen jetzt mit der ganzen, fast noch tierischen Grausamkeit der Kinder. Der Baron konnte seinen Zorn noch dämmen, weil er immer hoffte, dem Buben noch einen Streich spielen zu können, und nur an sein Ziel dachte. Aber sie, die Mutter, verlor immer wieder die Beherrschung. Für sie war es eine Erleichterung, ihn anschreien zu können. „Spiel nicht mit der Gabel“, fuhr sie ihn bei Tisch an. „Du bist ein unerzogener Fratz, verdienst noch gar nicht unter Erwachsenen zu sitzen.“ Edgar lächelte nur immer, lächelte, den Kopf ein wenig schief zur Seite gelegt. Er wußte, daß dieses Schreien Verzweiflung war, und empfand Stolz, daß sie sich so verrieten. Er hatte jetzt einen ganz ruhigen Blick, wie den eines Arztes. Früher wäre er vielleicht boshaft gewesen, um sie zu ärgern, aber man lernt viel und rasch im Haß. Jetzt schwieg er nur, schwieg und schwieg, bis sie zu schreien begann unter dem Druck seines Schweigens.

Seine Mutter konnte es nicht länger ertragen. Als sie jetzt vom Essen aufstanden und Edgar wieder mit dieser selbstverständlichen Anhänglichkeit ihnen folgen wollte, brach es plötzlich los aus ihr. Sie vergaß alle Rücksicht und spie die Wahrheit aus. Gepeinigt von seiner schleichenden Gegenwart, bäumte sie sich wie ein von Fliegen gefoltertes Pferd. „Was rennst du mir immer nach wie ein dreijähriges Kind. Ich will dich nicht immer in der Nähe haben. Kinder gehören nicht zu Erwachsenen. Merk dir das! Beschäftige dich doch einmal eine Stunde mit dir selbst. Lies etwas oder tu, was du willst. Laß mich in Ruh! Du machst mich nervös mit deinem Herumschleichen, deiner widerlichen Verdrossenheit."

Endlich hatte er es ihr entrissen, das Geständnis! Edgar lächelte, während der Baron und sie jetzt verlegen schienen. Sie wandte sich ab und wollte weiter, wütend über sich selbst, daß sie ihr Unbehagen dem Kind eingestanden hatte. Aber Edgar sagte nur kühl: „Papa will nicht, daß ich allein hier herumgehe. Papa hat mir das Versprechen abgenommen, daß ich nicht unvorsichtig bin und bei dir bleibe."

Er betonte das Wort „Papa", weil er damals bemerkt hatte, daß es eine gewisse lähmende Wirkung auf die beiden übte. Auch sein Vater mußte also irgendwie verstrickt sein in dieses heiße

Geheimnis. Papa mußte irgendeine geheime Macht über die beiden haben, die er nicht kannte, denn schon die Erwähnung seines Namens schien ihnen Angst und Unbehagen zu bereiten. Auch diesmal entgegneten sie nichts. Sie streckten die Waffen. Die Mutter ging voran, der Baron mit ihr. Hinter ihnen kam Edgar, aber nicht demütig wie ein Diener, sondern hart, streng und unerbittlich wie ein Wächter. Unsichtbar klirrte er mit der Kette, an der sie rüttelten und die nicht zu zersprengen war. Der Haß hatte seine kindische Kraft gestählt, er, der Unwissende, war stärker als sie beide, denen das Geheimnis die Hände band.

Die Lügner

Aber die Zeit drängte. Der Baron hatte nur mehr wenige Tage, und die wollten genützt sein. Widerstand gegen die Hartnäckigkeit des gereizten Kindes war, das fühlten sie, vergeblich, und so griffen sie zum letzten, zum schmählichsten Ausweg: zur Flucht, nur um für eine oder zwei Stunden seiner Tyrannei zu entgehen.

„Gib diese Briefe rekommandiert zur Post", sagte die Mutter zu Edgar. Sie standen beide in der Hall, der Baron sprach draußen mit einem Fiaker.

Mißtrauisch übernahm Edgar die beiden Briefe. Er hatte bemerkt, daß früher ein Diener irgendeine Botschaft seiner Mutter übermittelt hatte. Bereiteten sie am Ende etwas gemeinsam gegen ihn vor?

Er zögerte. „Wo erwartest du mich?“

„Hier.“

„Bestimmt?“

„Ja.“

„Daß du aber nicht weggehst! Du wartest also hier in der Hall auf mich, bis ich zurückkomme?“

Er sprach im Gefühl seiner Überlegenheit mit seiner Mutter schon befehlshaberisch. Seit vorgestern hatte sich viel verändert.

Dann ging er mit den beiden Briefen. An der Tür stieß er mit dem Baron zusammen. Er sprach ihn an, zum erstenmal seit zwei Tagen.

„Ich gebe nur die zwei Briefe auf. Meine Mama wartet auf mich, bis ich zurückkomme. Bitte gehen Sie nicht früher fort.“

Der Baron drückte sich rasch vorbei. „Ja, ja, wir warten schon.“

Edgar stürmte zum Postamt. Er mußte warten. Ein Herr vor ihm hatte ein Dutzend langweiliger Fragen. Endlich konnte er sich des Auftrags entledigen und rannte sofort mit den Rezipissen zurück.

Und kam eben zurecht, um zu sehen, wie seine Mutter und der Baron im Fiaker davonfuhren.
Er war starr vor Wut. Fast hätte er sich niedergebückt und ihnen einen Stein nachgeschleudert. Sie waren ihm also doch entkommen, aber mit einer wie gemeinen, wie schurkischen Lüge! Daß seine Mutter log, wußte er seit gestern. Aber daß sie so schamlos sein konnte, ein offenes Versprechen zu mißachten, das zerriß ihm ein letztes Vertrauen. Er verstand das ganze Leben nicht mehr, seit er sah, daß die Worte, hinter denen er die Wirklichkeit vermutet hatte, nur farbige Blasen waren, die sich blähten und in nichts zersprangen. Aber was für ein furchtbares Geheimnis mußte das sein, das erwachsene Menschen so weit trieb, ihn, ein Kind, zu belügen, sich wegzustehlen wie Verbrecher? In den Büchern, die er gelesen hatte, mordeten und betrogen die Menschen, um Geld zu gewinnen, oder Macht, oder Königreiche. Was aber war hier die Ursache, was wollten diese beiden, warum versteckten sie sich vor ihm, was suchten sie unter hundert Lügen zu verhüllen? Er zermarterte sein Gehirn. Dunkel spürte er, daß dieses Geheimnis der Riegel der Kindheit sei, daß, es erobert zu haben, bedeutete, erwachsen zu sein, endlich, endlich ein Mann. Oh, es zu fassen! Aber er konnte nicht mehr klar denken. Die Wut, daß sie ihm

entkommen waren, verbrannte und verqualmte ihm den klaren Blick.

Er lief hinaus in den Wald, gerade konnte er sich noch ins Dunkel retten, wo ihn niemand sah, und da brach es heraus, in einem Strom heißer Tränen. „Lügner, Hunde, Betrüger, Schurken" – er mußte diese Worte laut herausschreien, sonst wäre er erstickt. Die Wut, die Ungeduld, der Ärger, die Neugier, die Hilflosigkeit und der Verrat der letzten Tage, im kindischen Krampf, im Wahn seiner Erwachsenheit niedergehalten, sprengten jetzt die Brust und wurden Tränen. Es war das letzte Weinen seiner Kindheit, das letzte wildeste Weinen, zum letztenmal gab er sich weibisch hin an die Wollust der Tränen. Er weinte in dieser Stunde fassungsloser Wut alles aus sich heraus, Vertrauen, Liebe, Gläubigkeit, Respekt – seine ganze Kindheit.

Der Knabe, der dann zum Hotel zurückging, war ein anderer. Er war kühl und handelte vorbedacht. Zunächst ging er in sein Zimmer, wusch sorgfältig das Gesicht und die Augen, um den beiden nicht den Triumph zu gönnen, die Spuren seiner Tränen zu sehen. Dann bereitete er die Abrechnung vor. Und wartete geduldig, ohne jede Unruhe.

Die Hall war recht gut besucht, als der Wagen mit den beiden Flüchtigen draußen wieder hielt. Ein paar Herren spielten Schach, andere lasen ihre Zeitung, die Damen plauderten. Unter ihnen hatte reglos, ein wenig blaß mit zitternden Blicken das Kind gesessen. Als jetzt seine Mutter und der Baron zur Türe hereinkamen, ein wenig geniert, ihn so plötzlich zu sehen, und schon die vorbereitete Ausrede stammeln wollten, trat er ihnen aufrecht und ruhig entgegen und sagte herausfordernd: „Herr Baron, ich möchte Ihnen etwas sagen."

Dem Baron wurde es unbehaglich. Er kam sich irgendwie ertappt vor. „Ja, ja, später, gleich!"

Aber Edgar warf die Stimme hoch und sagte hell und scharf, daß alle rings es hören konnten: „Ich will aber jetzt mit Ihnen reden. Sie haben sich niederträchtig benommen. Sie haben mich angelogen. Sie wußten, daß meine Mama auf mich wartet, und sind ..."

„Edgar!" schrie die Mutter, die alle Blicke auf sich gerichtet sah, und stürzte gegen ihn los.

Aber das Kind kreischte jetzt, da es sah, daß sie seine Worte überschreien wollten, plötzlich gellend auf:

„Ich sage es Ihnen nochmals vor allen Leuten. Sie haben infam gelogen, und das ist gemein, das ist erbärmlich."

Der Baron stand blaß, die Leute starrten auf, einige lächelten.

Die Mutter packte das vor Erregung zitternde Kind: „Komm sofort auf dein Zimmer, oder ich prügle dich hier vor allen Leuten", stammelte sie heiser.

Edgar aber war schon wieder ruhig. Es tat ihm leid, so leidenschaftlich gewesen zu sein. Er war unzufrieden mit sich selbst, denn eigentlich wollte er ja den Baron kühl herausfordern, aber die Wut war wilder gewesen als sein Wille. Ruhig, ohne Hast wandte er sich zur Treppe.

„Entschuldigen Sie, Herr Baron, seine Ungezogenheit. Sie wissen ja, er ist ein nervöses Kind", stotterte sie noch, verwirrt von den ein wenig hämischen Blicken der Leute, die sie ringsum anstarrten. Nichts in der Welt war ihr fürchterlicher als Skandal, und sie wußte, daß sie nun Haltung bewahren mußte. Statt gleich die Flucht zu ergreifen, ging sie zuerst zum Portier, fragte nach Briefen und anderen gleichgültigen Dingen und rauschte dann hinauf, als ob nichts geschehen wäre. Aber hinter ihr wisperte ein leises Kielwasser von Zischeln und unterdrücktem Gelächter.

Unterwegs verlangsamte sich ihr Schritt. Sie war immer ernsten Situationen gegenüber hilflos und hatte eigentlich Angst vor dieser Auseinandersetzung. Daß sie schuldig war, konnte sie nicht leugnen, und dann: sie fürchtete sich vor dem Blick des Kindes, diesem neuen, fremden, so merkwürdigen Blick, der sie lähmte und unsicher machte. Aus Furcht beschloß sie, es mit Milde zu versuchen. Denn bei einem Kampf war, das wußte sie, dieses gereizte Kind jetzt der Stärkere.

Leise klinkte sie die Türe auf. Der Bub saß da, ruhig und kühl. Die Augen, die er zu ihr aufhob, waren ganz ohne Angst, verrieten nicht einmal Neugierde. Er schien sehr sicher zu sein.

„Edgar," begann sie möglichst mütterlich, „was ist dir eingefallen? Ich habe mich geschämt für dich. Wie kann man nur so ungezogen sein, schon gar als Kind zu einem Erwachsenen! Du wirst dich dann sofort beim Herrn Baron entschuldigen."

Edgar schaute zum Fenster hinaus. Das „Nein" sagte er gleichsam zu den Bäumen gegenüber.

Seine Sicherheit begann sie zu befremden.

„Edgar, was geht denn vor mit dir? Du bist ja ganz anders als sonst? Ich kenne mich gar nicht mehr in dir aus. Du warst doch sonst immer ein kluges, artiges Kind, mit dem man reden konnte. Und auf einmal benimmst du dich so, als sei der Teufel in dich gefahren. Was hast du denn gegen den Baron? Du hast ihn doch sehr gern gehabt. Er war immer so lieb gegen dich."

„Ja, weil er dich kennen lernen wollte."
Ihr wurde unbehaglich. „Unsinn! Was fällt dir ein. Wie kannst du so etwas denken?"
Aber da fuhr das Kind auf.
„Ein Lügner ist er, ein falscher Mensch. Was er tut, ist Berechnung und Gemeinheit. Er hat dich kennen lernen wollen, deshalb war er freundlich zu mir und hat mir einen Hund versprochen. Ich weiß nicht, was er dir versprochen hat und warum er zu dir freundlich ist, aber auch von dir will er etwas, Mama, ganz bestimmt. Sonst wäre er nicht so höflich und freundlich. Er ist ein schlechter Mensch. Er lügt. Sieh dir ihn nur einmal an, wie falsch er immer schaut. Oh, ich hasse ihn, diesen erbärmlichen Lügner, diesen Schurken ..."
„Aber Edgar, wie kann man so etwas sagen." Sie war verwirrt und wußte nicht zu antworten. In ihr regte sich ein Gefühl, das dem Kind recht gab.
„Ja, er ist ein Schurke, das lasse ich mir nicht ausreden. Das mußt du selbst sehen. Warum hat er denn Angst vor mir? Warum versteckt er sich vor mir? Weil er weiß, daß ich ihn durchschaue, daß ich ihn kenne, diesen Schurken!"
„Wie kann man so etwas sagen, wie kann man so etwas sagen." Ihr Gehirn war ausgetrocknet, nur die Lippen stammelten blutlos

immer wieder die beiden Sätze. Sie begann jetzt plötzlich eine furchtbare Angst zu haben und wußte eigentlich nicht, ob vor dem Baron oder vor dem Kinde.

Edgar sah, daß seine Mahnung Eindruck machte. Und es verlockte ihn, sie zu sich herüberzureißen, einen Genossen zu haben im Hasse, in der Feindschaft gegen ihn. Weich ging er auf seine Mutter zu, umfaßte sie, und seine Stimme wurde schmeichlerisch vor Erregung. „Mama," sagte er, „du mußt es doch selbst bemerkt haben, daß er nichts Gutes will. Er hat dich ganz anders gemacht. Du bist verändert und nicht ich. Er hat dich aufgehetzt gegen mich, nur um dich allein zu haben. Sicher will er dich betrügen. Ich weiß nicht, was er dir versprochen hat. Ich weiß nur, er wird es nicht halten. Du solltest dich hüten vor ihm. Wer einen belügt, belügt auch den andern. Er ist ein böser Mensch, dem man nicht trauen soll."

Diese Stimme, weich und fast in Tränen, klang wie aus ihrem eigenen Herzen. In ihr war seit gestern ein Mißbehagen erwacht, das ihr dasselbe sagte: eindringlicher und eindringlicher. Aber sie schämte sich, dem eigenen Kinde recht zu geben. Und rettete sich, wie viele, aus der Verlegenheit eines überwältigenden Gefühls in die Rauheit des Ausdrucks. Sie reckte sich auf.

„Kinder verstehen so etwas nicht. Du hast in solche Sachen nicht dreinzureden. Du hast dich anständig zu benehmen. Das ist alles."
Edgars Gesicht fror wieder kalt ein. „Wie du meinst," sagte er hart, „ich habe dich gewarnt."
„Also du willst dich nicht entschuldigen?"
„Nein."
Sie standen sich schroff gegenüber. Sie fühlte, es ging um ihre Autorität.
„Dann wirst du hier oben speisen. Allein. Und nicht eher an unseren Tisch kommen, bis du dich entschuldigt hast. Ich werde dich noch Manieren lehren. Du wirst dich nicht vom Zimmer rühren, bis ich es dir erlaube. Hast du verstanden?"
Edgar lächelte. Dieses tückische Lächeln schien schon mit seinen Lippen verwachsen zu sein. Innerlich war er zornig gegen sich selbst. Wie töricht von ihm, daß er wieder einmal sein Herz hat entlaufen lassen und sie, die Lügnerin, noch warnen wollte.
Die Mutter rauschte hinaus, ohne ihn noch einmal anzusehen. Sie fürchtete diese schneidenden Augen. Das Kind war ihr unbehaglich geworden, seit sie fühlte, daß es seine Augen offen hatte und ihr gerade das sagte, was sie nicht wissen und nicht hören wollte. Schreckhaft war es ihr, eine innere Stimme, ihr Gewissen, abgelöst

von sich selber, als Kind verkleidet, als ihr eigenes Kind herumgehen und sie warnen, sie verhöhnen zu sehn. Bisher war dieses Kind neben ihrem Leben gewesen, ein Schmuck, ein Spielzeug, irgendein Liebes und Vertrautes, manchmal vielleicht eine Last, aber immer etwas, das in derselben Strömung im gleichen Takt ihres Lebens lief. Zum erstenmal bäumte das sich heute auf und trotzte gegen ihren Willen. Etwas wie Haß mischte sich jetzt immer in die Erinnerung an ihr Kind.

Aber dennoch: jetzt, da sie die Treppe, ein wenig müde, niederstieg, klang die kindische Stimme aus ihrer eigenen Brust. „Du solltest dich hüten vor ihm." – Die Mahnung ließ sich nicht zum Schweigen bringen. Da glänzte ihr im Vorüberschreiten ein Spiegel entgegen, fragend blickte sie hinein, tiefer und immer tiefer, bis sich dort die Lippen leise lächelnd auftaten und sich rundeten wie zu einem gefährlichen Wort. Noch immer klang von innen die Stimme; aber sie warf die Achseln hoch, als schüttelte sie all diese unsichtbaren Bedenken von sich ab, gab dem Spiegel einen hellen Blick, raffte das Kleid und ging hinab mit der entschlossenen Geste eines Spielers, der sein letztes Goldstück klingend über den Tisch rollen läßt.

Spuren im Mondlicht

Der Kellner, der Edgar das Essen in seinen Stubenarrest gebracht hatte, schloß die Türe. Hinter ihm knackte das Schloß. Das Kind fuhr wütend auf: das war offenbar im Auftrag seiner Mutter geschehen, daß man ihn einsperrte wie ein bösartiges Tier. Finster rang es sich aus ihm.

„Was geschieht nun da drunten, während ich hier eingeschlossen bin? Was mögen die beiden jetzt bereden? Geschieht am Ende jetzt dort das Geheime, und ich muß es versäumen? Oh, dieses Geheimnis, das ich immer und überall spüre, wenn ich unter Erwachsenen bin, vor dem sie die Türe zuschließen in der Nacht, das sie in leises Gespräch versenken, trete ich unversehens herein, dieses große Geheimnis, das mir jetzt seit Tagen nahe ist, hart vor den Händen, und das ich noch immer nicht greifen kann! Was habe ich nicht schon getan, um es zu fassen! Ich habe Papa damals Bücher aus dem Schreibtisch gestohlen und sie gelesen, und alle diese merkwürdigen Dinge waren darin, nur daß ich sie nicht verstand. Es muß irgendwie ein Siegel daran sein, das erst abzulösen ist, um es zu finden, vielleicht in mir, vielleicht in den anderen. Ich habe das Dienstmädchen gefragt, sie gebeten, mir diese Stellen in den Büchern zu erklären, aber sie hat mich ausgelacht. Furchtbar, Kind zu sein, voll von Neugier, und doch niemand fragen zu dürfen, immer lächerlich zu sein vor diesen Großen, als ob man etwas Dummes oder Nutzloses wäre. Aber ich werde es erfahren, ich fühle, ich werde es jetzt bald wissen. Ein Teil ist schon in meinen Händen, und ich will nicht früher ablassen, ehe ich das Ganze besitze!"

Er horchte, ob niemand käme. Ein leichter Wind flog draußen durch die Bäume und brach den starren Spiegel des Mondlichtes zwischen dem Geäste in hundert schwanke Splitter.

„Es kann nichts Gutes sein, was die beiden vorhaben, sonst hätten sie nicht solche erbärmliche Lügen gesucht, um mich fortzukriegen. Gewiß, sie lachen jetzt über mich, die Verfluchten, daß sich mich endlich los sind, aber ich werde zuletzt lachen. Wie dumm von mir, mich hier einsperren zu lassen, ihnen eine Sekunde Freiheit zu geben, statt an ihnen zu kleben und jede ihrer Bewegungen zu belauschen. Ich weiß, die Großen sind ja immer unvorsichtig, und auch sie werden sich verraten. Sie glauben immer von uns, daß wir noch ganz klein sind und abends immer schlafen, sie vergessen, daß man sich auch schlafend stellen kann und lauschen, daß man sich dumm geben kann und sehr klug sein. Jüngst, wie meine Tante ein Kind bekam, haben sie es lange vorausgewußt und sich nur vor mir verwundert gestellt, als seien sie überrascht worden. Aber ich habe es auch gewußt, denn ich habe sie reden gehört, vor Wochen am Abend, als sie glaubten, ich schliefe. Und so werde ich auch diesmal sie überraschen, diese Niederträchtigen. Oh, wenn ich durch die Türe spähen könnte, sie heimlich jetzt beobachten, während sie sich sicher wähnen. Sollte ich nicht vielleicht läuten jetzt, dann käme das Mädchen, sperrte die Tür auf und fragte, was ich wollte. Oder ich könnte poltern, könnte Geschirr zerschlagen, dann sperrte man auch auf. Und in dieser Sekunde könnte ich hinausschlüpfen und sie belauschen. Aber nein, das will ich nicht. Niemand soll sehen, wie niederträchtig sie mich behandeln. Ich bin zu stolz dazu. Morgen will ich es ihnen schon heimzahlen.“

Unten lachte eine Frauenstimme. Edgar schrak zusammen: das könnte seine Mutter sein. Die hatte ja Grund zu lachen, ihn zu verhöhnen, den Kleinen, Hilflosen, hinter dem man den Schlüssel abdrehte, wenn er lästig war, den man in den Winkel warf wie ein Bündel nasser Kleider. Vorsichtig beugte er sich zum Fenster hinaus. Nein, sie war es nicht, sondern fremde, übermütige Mädchen, die einen Burschen neckten.

Da, in dieser Minute bemerkte er, wie wenig hoch sich eigentlich sein Fenster über die Erde erhob. Und schon, kaum daß ers merkte, war der Gedanke da: hinausspringen, jetzt, wo sie sich ganz sicher wähnten, sie belauschen. Er fieberte vor Freude über seinen Entschluß. Ihm war, als hielt er damit das große, das funkelnde Geheimnis der Kindheit in den Händen. „Hinaus, hinaus“, zitterte es in ihm. Gefahr war keine. Menschen gingen nicht vorüber, und schon sprang er. Es gab ein leises Geräusch von knirschendem Kies, das keiner vernahm.

In diesen zwei Tagen war ihm das Beschleichen, das Lauern zur Lust seines Lebens geworden. Und Wollust fühlte er jetzt gemengt mit einem leisen Schauer von Angst, als er auf ganz leisen Sohlen um das Hotel schlich, sorgsam den stark ausstrahlenden Widerschein der Lichter vermeidend. Zunächst blickte er, die Wange vorsichtig an die Scheiben pressend, in den Speisesaal. Ihr gewohnter Platz war leer. Er spähte dann weiter, von Fenster zu Fenster. Ins Hotel selbst wagte er sich nicht hinein, aus Furcht, er könnte ihnen zwischen den Gängen unversehens in den Weg laufen. Nirgends waren sie zu finden. Schon wollte er verzweifeln, da sah er zwei Schatten aus der Türe vorfallen und – er zuckte zurück und duckte sich in das Dunkel – seine Mutter mit ihrem nun unvermeidlichen Begleiter heraustreten. Gerade war er also zurecht gekommen. Was sprachen sie? Er konnte es nicht verstehen. Sie redeten leise, und der Wind rumorte zu unruhig in den Bäumen. Jetzt aber zog deutlich ein

Lachen vorüber, die Stimme seiner Mutter. Es war ein Lachen, das er an ihr gar nicht kannte, ein seltsam scharfes, wie gekitzeltes, gereiztes nervöses Lachen, das ihn fremd anmutete und vor dem er erschrak. Sie lachte. Also konnte es nichts Gefährliches sein, nicht etwas ganz Großes und Gewaltiges, das man vor ihm verbarg. Edgar war ein wenig enttäuscht.

Aber warum verließen sie das Hotel? Wohin gingen sie jetzt allein in der Nacht? Hoch oben mußten mit riesigen Flügeln Winde dahinstreifen, denn der Himmel, eben noch rein und mondklar, wurde jetzt dunkel. Schwarze Tücher, von unsichtbaren Händen geworfen, wickelten manchmal den Mond ein, und die Nacht wurde dann so undurchdringlich, daß man kaum den Weg sehen konnte, um bald wieder hell zu glänzen, wenn sich der Mond befreite. Silber floß kühl über die Landschaft. Geheimnisvoll war dieses Spiel zwischen Licht und Schatten und aufreizend wie das Spiel einer Frau mit Blöße und Verhüllungen. Gerade jetzt entkleidete die Landschaft wieder ihren blanken Leib: Edgar sah schräg über dem Weg die wandelnden Silhouetten, oder vielmehr die eine, denn so aneinander gepreßt gingen sie, als drängte sie eine innere Furcht zusammen. Aber wohin gingen sie jetzt, die beiden? Die Föhren ächzten, es war eine unheimliche Geschäftigkeit im Wald, als wühlte die wilde Jagd darin. „Ich folge ihnen,“ dachte Edgar, „sie können meinen Schritt nicht hören in diesem Aufruhr von Wind und Wald.“ Und er sprang, indes die unten auf der breiten, hellen Straße gingen, oben im Gehölz von einem Baum zum anderen leise weiter, von Schatten zu Schatten. Er folgte ihnen zäh und unerbittlich, segnete den Wind, der seine Schritte unhörbar machte, und verfluchte ihn, weil er ihm immer die Worte von drüben wegtrug. Nur einmal, wenn er hätte ihr Gespräch hören können, war er sicher, das Geheimnis zu halten.

Die beiden unten gingen ahnungslos. Sie fühlten sich selig allein in dieser weiten verwirrten Nacht und verloren sich in ihrer wachsenden Erregung. Keine Ahnung warnte sie, daß oben im vielverzweigten Dunkel jedem ihrer Schritte gefolgt wurde und zwei Augen sie mit der ganzen Kraft von Haß und Neugier umkrallt hielten.

Plötzlich blieben sie stehen. Auch Edgar hielt sofort inne und preßte sich enge an einen Baum. Ihn befiel eine stürmische Angst. Wie, wenn sie jetzt umkehrten und vor ihm das Hotel erreichten, wenn er sich nicht retten konnte in sein Zimmer und die Mutter es leer fand? Dann war alles verloren, dann wußten sie, daß er sie heimlich belauerte, und er durfte nie mehr hoffen, ihnen das Geheimnis zu entreißen. Aber die beiden zögerten, offenbar in einer Meinungsverschiedenheit. Glücklicherweise war Mondlicht, und er konnte alles deutlich sehen. Der Baron deutete auf einen dunklen schmalen Seitenweg, der in das Tal hinabführte, wo das Mondlicht nicht wie hier auf der Straße einen weiten vollen Strom rauschte, sondern nur in Tropfen und seltsamen Strahlen durchs Dickicht sickerte. „Warum will er dort hinab?" zuckte es in Edgar. Seine Mutter schien „nein" zu sagen, er aber, der andere, sprach ihr zu. Edgar konnte an der Art seiner Gestikulation merken, wie eindringlich er sprach. Angst befiel das Kind. Was wollte dieser Mensch von seiner Mutter? Warum versuchte er, dieser Schurke, sie ins Dunkel zu schleppen? Aus seinen Büchern, die für ihn die Welt waren, kamen plötzlich lebendige Erinnerungen von Mord und Entführung, von finsteren Verbrechen. Sicherlich, er wollte sie ermorden, und dazu hatte er ihn weggehalten, sie einsam hierher gelockt. Sollte er Hilfe schreien? Mörder! Der Ruf saß ihm schon ganz oben in der Kehle, aber die Lippen waren vertrocknet und brachten keinen Laut heraus. Seine Nerven spannten sich vor Aufregung, kaum konnte er sich gerade halten, erschreckt vor Angst griff er nach einem Halt – da knackte ihm ein Zweig unter den Händen.

Die beiden wandten sich erschreckt um und starrten ins Dunkel. Edgar blieb stumm an den Baum gelehnt mit angepreßten Armen, den kleinen Körper tief in den Schatten geduckt. Es blieb Totenstille. Aber doch, sie schienen erschreckt. „Kehren wir um", hörte er seine Mutter sagen. Es klang geängstigt von ihren Lippen. Der Baron, offenbar selbst beunruhigt, willigte ein. Die beiden gingen langsam und eng aneinander geschmiegt zurück. Ihre innere Befangenheit war Edgars Glück. Auf allen vieren, ganz unten im Holz, kroch er, die Hände sich blutig reißend, bis zur Wendung des Waldes, von dort lief er mit aller Geschwindigkeit, daß ihm der Atem stockte, bis zum Hotel und da mit ein paar Sprüngen hinauf. Der Schlüssel, der ihn eingesperrt hatte, steckte glücklicherweise von außen, er drehte ihn um, stürzte ins Zimmer und schon hin aufs Bett. Ein paar Minuten mußte er rasten, denn das Herz schlug ungestüm an seine Brust, wie ein Klöppel an die klingende Glockenwand.

Dann wagte er sich auf, lehnte am Fenster und wartete, bis sie kamen. Es dauerte lange. Sie mußten sehr, sehr langsam gegangen sein. Vorsichtig spähte er aus dem umschatteten Rahmen. Jetzt kamen sie langsam daher, Mondlicht auf den Kleidern. Gespensterhaft sahen sie aus in diesem grünen Licht, und wieder überfiel ihn das süße Grauen, ob das wirklich ein Mörder sei und welch furchtbares Geschehen er durch seine Gegenwart verhindert hatte. Deutlich sah er in die kreidehellen Gesichter. In dem seiner Mutter war ein Ausdruck von Verzücktheit, den er an ihr nicht kannte, er hingegen schien hart und verdrossen. Offenbar, weil ihm seine Absicht mißlungen war.

Ganz nahe waren sie schon. Erst knapp vor dem Hotel lösten sich ihre Gestalten voneinander. Ob sie heraufsehen würden? Nein, keiner blickte herauf. „Sie haben mich vergessen", dachte der Knabe mit einem wilden Ingrimm, mit einem heimlichen Triumph, „aber ich nicht euch. Ihr denkt wohl, daß ich schlafe oder nicht auf der Welt bin, aber ihr sollt eueren Irrtum sehen. Jeden Schritt will ich euch überwachen, bis ich ihm, dem Schurken, das Geheimnis entrissen habe, das furchtbare, das mich nicht schlafen läßt. Ich werde euer Bündnis schon zerreißen. Ich schlafe nicht."

Langsam traten die beiden in die Türe. Und als sie jetzt, einer hinter dem anderen, hineingingen, umschlangen sich wieder für eine Sekunde die fallenden Silhouetten, als einziger schwarzer Streif schwand ihr Schatten in die erhellte Tür. Dann lag der Platz im Mondlicht wieder blank vor dem Hause, wie eine weite Wiese von Schnee.

Der Überfall

Edgar trat atmend zurück vom Fenster. Das Grauen schüttelte ihn. Noch nie war er in seinem Leben ähnlich Geheimnisvollem so nah gewesen. Die Welt der Aufregungen, der spannenden Abenteuer, jene Welt von Mord und Betrug aus seinen Büchern war in seiner Anschauung immer dort gewesen, wo die Märchen waren, hart hinter den Träumen, im Unwirklichen und Unerreichbaren. Jetzt auf einmal aber schien er mitten hineingeraten in diese grauenhafte Welt, und sein ganzes Wesen wurde fieberhaft geschüttelt durch so unverhoffte Begegnung. Wer war dieser Mensch, der geheimnisvolle, der plötzlich in ihr ruhiges Leben getreten war? War er wirklich ein Mörder, daß er immer das Entlegene suchte und seine Mutter hinschleppen wollte, wo es dunkel war? Furchtbares schien bevorzustehen. Er wußte nicht, was zu tun. Morgen, das war er sicher, wollte er dem Vater schreiben oder telegraphieren. Aber konnte es nicht noch jetzt geschehen, heute abend? Noch war ja seine Mutter nicht in ihrem Zimmer, noch war sie mit diesem verhaßten, fremden Menschen. Zwischen der inneren Tür und der äußeren, leicht beweglichen Tapetentür war ein schmaler Zwischenraum, nicht größer als das Innere eines Kleiderschrankes. Dort in diese Handbreit Dunkel preßte er sich hinein, um auf ihre

Schritte im Gang zu lauern. Denn nicht einen Augenblick, so hatte er beschlossen, wollte er sie allein lassen. Der Gang lag jetzt um Mitternacht leer, matt nur beleuchtet von einer einzelnen Flamme. Endlich – die Minuten dehnten sich ihm fürchterlich – hörte er behutsame Schritte heraufkommen. Er horchte angestrengt. Es war nicht ein rasches Losschreiten, wie wenn jemand gerade in sein Zimmer will, sondern schleifende, zögernde, sehr verlangsamte Schritte, wie einen unendlich schweren und steilen Weg empor. Dazwischen immer wieder Geflüster und ein Innehalten. Edgar zitterte vor Erregung. Waren es am Ende die beiden, blieb er noch immer mit ihr? Das Flüstern war zu entfernt. Aber die Schritte, wenn auch noch zögernd, kamen immer näher. Und jetzt hörte er auf einmal die verhaßte Stimme des Barons leise und heiser etwas sagen, das er nicht verstand, und dann gleich die seiner Mutter in rascher Abwehr: „Nein, nicht heute! Nein."

Edgar zitterte, sie kamen näher, und er mußte alles hören. Jeder Schritt, so leise er auch war, tat ihm weh in der Brust. Und die Stimme, wie häßlich schien sie ihm, diese gierig werbende, widerliche Stimme des Verhaßten! „Seien Sie nicht grausam. Sie waren so schön heute abend." Und die andere wieder: „Nein, ich darf nicht, ich kann nicht, lassen Sie mich los."

Es ist so viel Angst in der Stimme seiner Mutter, daß das Kind erschrickt. Was will er denn noch von ihr? Warum fürchtet sie sich? Sie sind immer näher gekommen und müssen jetzt schon ganz vor seiner Tür sein. Knapp hinter ihnen steht er, zitternd und unsichtbar, eine Hand weit, geschützt nur durch die dünne Scheibe Tuch. Die Stimmen sind jetzt atemnah.

„Kommen Sie, Mathilde, kommen Sie!" Wieder hört er seine Mutter stöhnen, schwächer jetzt, in erlahmendem Widerstand.

Aber was ist dies? Sie sind ja weiter gegangen im Dunkeln. Seine Mutter ist nicht in ihr Zimmer, sondern daran vorbeigegangen! Wohin schleppt er sie? Warum spricht sie nicht mehr? Hat er ihr einen Knebel in den Mund gestopft, preßt er ihr die Kehle zu?

Die Gedanken machen ihn wild. Mit zitternder Hand stößt er die Türe eine Spannweite auf. Jetzt sieht er im dunkelnden Gang die beiden. Der Baron hat seiner Mutter den Arm um die Hüfte geschlungen und führt sie, die schon nachzugeben scheint, leise fort. Jetzt macht er halt vor seinem Zimmer. „Er will sie wegschleppen," erschrickt das Kind, „jetzt will er das Furchtbare tun."

Ein wilder Ruck, er schlägt die Türe zu und stürzt hinaus, den beiden nach. Seine Mutter schreit auf, wie jetzt da aus dem Dunkel plötzlich etwas auf sie losstürzt, scheint in eine Ohnmacht gesunken, vom Baron nur mühsam gehalten. Der aber fühlt in dieser Sekunde eine kleine, schwache Faust in seinem Gesicht, die ihm die Lippe hart an die Zähne schlägt, etwas, was sich katzenhaft an seinen Körper krallt. Er läßt die Erschreckte los, die rasch entflieht, und schlägt blind, ehe er noch weiß, gegen wen er sich wehrt, mit der Faust zurück.

Das Kind weiß, daß es der Schwächere ist, aber es gibt nicht nach. Endlich, endlich ist der Augenblick da, der lang ersehnte, all die verratene Liebe, den aufgestapelten Haß leidenschaftlich zu entladen. Er hämmert mit seinen kleinen Fäusten blind drauflos, die Lippen verbissen in einer fiebrigen, sinnlosen Gereiztheit. Auch der Baron hat ihn jetzt erkannt, auch er steckt voll Haß gegen diesen heimlichen Spion, der ihm die letzten Tage vergällte und das Spiel verdarb; er schlägt derb zurück, wohin es eben trifft. Edgar stöhnt auf, läßt aber nicht los und schreit nicht um Hilfe. Sie ringen eine Minute stumm und verbissen in dem mitternächtigen Gang. Allmählich wird dem Baron das Lächerliche seines Kampfes mit einem halbwüchsigen Buben bewußt, er packt ihn fest an, um ihn wegzuschleudern. Aber das Kind, wie es jetzt seine Muskeln nachlassen spürt und weiß, daß es in der nächsten Sekunde der

Besiegte, der Geprügelte sein wird, schnappt in wilder Wut nach dieser starken, festen Hand, die ihn im Nacken fassen will. Unwillkürlich stößt der Gebissene einen dumpfen Schrei aus und läßt frei – eine Sekunde, die das Kind benützt, um in sein Zimmer zu flüchten und den Riegel vorzuschieben.

Eine Minute nur hat dieser mitternächtige Kampf gedauert. Niemand rechts und links hat ihn gehört. Alles ist still, alles scheint in Schlaf ertrunken. Der Baron wischt sich die blutende Hand mit dem Taschentuch, späht beunruhigt in das Dunkel. Niemand hat gelauscht. Nur oben flimmert – ihm dünkt: höhnisch – ein letztes, unruhiges Licht.

Gewitter

War das Traum, ein böser, gefährlicher Traum?“ fragte sich Edgar am nächsten Morgen, als er mit versträhntem Haar aus einer Wirrnis von Angst erwachte. Den Kopf quälte dumpfes Dröhnen, die Gelenke ein erstarrtes, hölzernes Gefühl, und jetzt, wie er an sich hinabsah, merkte er erschreckt, daß er noch in den Kleidern stak. Er sprang auf, taumelte an den Spiegel und schauerte zurück vor seinem eigenen blassen, verzerrten Gesicht, das über der Stirne zu einem rötlichen Striemen verschwollen war. Mühsam raffte er seine

Gedanken zusammen und erinnerte sich jetzt beängstigt an alles, an den nächtigen Kampf draußen im Gang, sein Zurückstürzen ins Zimmer, und daß er dann, zitternd im Fieber, angezogen und fluchtbereit sich auf das Bett geworfen habe. Dort mußte er eingeschlafen sein, hinabgestürzt in diesen dumpfen, verhangenen Schlaf, in dessen Träumen dann all dies noch einmal wiedergekehrt war, nur anders und noch furchtbarer, mit einem feuchten Geruch von frischem, fließendem Blut.

Unten gingen Schritte knirschend über den Kies, Stimmen flogen wie unsichtbare Vögel herauf, und die Sonne griff tief ins Zimmer hinein. Es mußte schon spät am Vormittag sein, aber die Uhr, die er erschreckt befragte, deutete auf Mitternacht, er hatte in seiner Aufregung vergessen, sie gestern aufzuziehen. Und diese Ungewißheit, irgendwo lose in der Zeit zu hängen, beunruhigte ihn, verstärkt durch das Gefühl der Unkenntnis, was eigentlich geschehen war. Er richtete sich rasch zusammen und ging hinab, Unruhe und ein leises Schuldgefühl im Herzen.

Im Frühstückszimmer saß seine Mama allein am gewohnten Tisch. Edgar atmete auf, daß sein Feind nicht zugegen war, daß er sein verhaßtes Gesicht nicht sehen mußte, in das er gestern im Zorn seine Faust geschlagen hatte. Und doch, wie er nun an den Tisch herantrat, fühlte er sich unsicher.

„Guten Morgen“, grüßte er.

Seine Mutter antwortete nicht. Sie blickte nicht einmal auf, sondern betrachtete mit merkwürdig starren Pupillen in der Ferne die Landschaft. Sie sah sehr blaß aus, hatte die Augen leicht umrändert und um die Nasenflügel jenes nervöse Zucken, das so verräterisch für ihre Erregung war. Edgar verbiß die Lippen. Dieses Schweigen verwirrte ihn. Er wußte eigentlich nicht, ob er den Baron gestern schwer verletzt hatte und ob sie überhaupt um diesen nächtigen Zusammenstoß wissen konnte. Und diese Unsicherheit quälte ihn. Aber ihr Gesicht blieb so starr, daß er gar nicht versuchte, zu ihr aufzublicken, aus Angst, die jetzt gesenkten Augen möchten plötzlich hinter den verhangenen Lidern aufspringen und ihn fassen. Er wurde ganz still, wagte nicht einmal, Lärm zu machen, ganz vorsichtig hob er die Tasse und stellte sie wieder zurück, verstohlen hinblickend auf die Finger seiner Mutter, die sehr nervös mit dem Löffel spielten und in ihrer Gekrümmtheit geheimen Zorn zu verraten schienen. Eine Viertelstunde saß er so in dem schwülen Gefühl der Erwartung auf etwas, das nicht kam. Kein Wort, kein einziges erlöste ihn. Und jetzt, da seine Mutter aufstand, noch immer, ohne seine Gegenwart bemerkt zu haben, wußte er nicht, was er tun sollte: allein hier beim Tisch sitzen bleiben oder ihr folgen. Schließlich erhob er sich doch, ging demütig hinter ihr her, die ihn geflissentlich übersah, und spürte immer dabei, wie lächerlich sein Nachschleichen war. Immer kleiner machte er seine Schritte, um mehr und mehr hinter ihr zurückzubleiben, die, ohne ihn zu beachten, in ihr Zimmer ging. Als Edgar endlich nachkam, stand er vor einer hart geschlossenen Türe.

Was war geschehen? Er kannte sich nicht mehr aus. Das sichere Bewußtsein von gestern hatte ihn verlassen. War er am Ende gestern im Unrecht gewesen mit diesem Überfall? Und bereiteten sie gegen ihn eine Strafe vor oder eine neue Demütigung? Etwas mußte geschehen, das fühlte er, etwas Furchtbares mußte sehr bald geschehen. Zwischen ihnen war die Schwüle eines aufziehenden Gewitters, die elektrische Spannung zweier geladener Pole, die sich im Blitz erlösen mußte. Und diese Last des Vorgefühls schleppte er durch vier einsame Stunden mit sich herum, von Zimmer zu Zimmer, bis sein schmaler Kindernacken niederbrach von unsichtbarem Gewicht und er mittags, nun schon ganz demütig, an den Tisch trat.

„Guten Tag“, sagte er wieder. Er mußte dieses Schweigen zerreißen, dieses furchtbar drohende, das über ihm als schwarze Wolke hing. Wieder antwortete die Mutter nicht, wieder sah sie an ihm vorbei. Und mit neuem Erschrecken fühlte sich Edgar jetzt einem besonnenen, geballten Zorn gegenüber, wie er ihn bisher in seinem Leben noch nicht gekannt hatte. Bisher waren ihre Streitigkeiten immer nur Wutausbrüche mehr der Nerven als des Gefühls gewesen, rasch verflüchtigt in ein Lächeln der Begütigung. Diesmal aber hatte er, das wurde ihm deutlich bewußt, ein wildes Gefühl aus dem untersten Grund ihres Wesens aufgewühlt, und er erschrak vor dieser unvorsichtig beschworenen Gewalt. Kaum vermochte er zu essen. In seiner Kehle quoll etwas Trockenes auf, das ihn zu erwürgen drohte. Seine Mutter schien von alldem nichts zu merken. Nur jetzt, beim Aufstehen, wandte sie sich wie gelegentlich zurück und sagte:

„Komm dann hinauf, Edgar, ich habe mit dir zu reden.“

Es klang nicht drohend, aber doch so eisig kalt, daß Edgar die Worte schauernd fühlte, als hätte man ihm eine eiserne Kette plötzlich um den Hals gelegt. Sein Trotz war zertreten. Schweigend, wie ein geprügelter Hund, folgte er ihr hinauf in das Zimmer.

Sie verlängerte ihm die Qual, indem sie einige Minuten schwieg. Minuten, in denen er die Uhr schlagen hörte und draußen ein Kind lachen und in sich selbst das Herz an die Brust hämmern. Aber auch in ihr mußte eine große Unsicherheit sein, denn sie sah ihn nicht an, während sie jetzt zu ihm sprach, sondern wandte ihm den Rücken.

„Ich will nicht mehr über dein Betragen von gestern reden. Es war unerhört, und ich schäme mich jetzt, wenn ich daran denke. Du hast dir die Folgen selber zuzuschreiben. Ich will dir jetzt nur sagen, es war das letztemal, daß du allein unter Erwachsenen sein durftest. Ich habe eben an deinen Papa geschrieben, daß du einen Hofmeister bekommst oder in ein Pensionat geschickt wirst, um Manieren zu lernen. Ich werde mich nicht mehr mit dir ärgern."

Edgar stand mit gesenktem Kopf da. Er spürte, daß dies nur eine Einleitung, eine Drohung war, und wartete beunruhigt auf das Eigentliche.

„Du wirst dich jetzt sofort beim Baron entschuldigen."

Edgar zuckte auf, aber sie ließ sich nicht unterbrechen.

„Der Baron ist heute abgereist, und du wirst ihm einen Brief schreiben, den ich dir diktieren werde."

Edgar rührte sich wieder, aber seine Mutter war fest.

„Keine Widerrede. Da ist Papier und Tinte, setze dich hin."

Edgar sah auf. Ihre Augen waren gehärtet von einem unbeugsamen Entschluß. So hatte er seine Mutter nie gekannt, so hart und gelassen. Furcht überkam ihn. Er setzte sich hin, nahm die Feder, duckte aber das Gesicht tief auf den Tisch.

„Oben das Datum. Hast du? Vor der Überschrift eine Zeile leer lassen. So! Sehr geehrter Herr Baron! Rufzeichen. Wieder eine Zeile freilassen. Ich erfahre soeben zu meinem Bedauern – hast du? – zu meinem Bedauern, daß Sie den Semmering schon verlassen haben, – Semmering mit zwei m – und so muß ich brieflich tun, was ich persönlich beabsichtigt hatte, nämlich – etwas rascher, es muß nicht kalligraphiert sein! – Sie um Entschuldigung bitten für mein gestriges Betragen. Wie Ihnen meine Mama gesagt haben wird, bin ich noch Rekonvaleszent von einer schweren Erkrankung und sehr reizbar. Ich sehe dann oft Dinge, die übertrieben sind und die ich im nächsten Augenblick bereue …"

Der gekrümmte Rücken über dem Tisch schnellte auf. Edgar drehte sich um: sein Trotz war wieder wach.

„Das schreibe ich nicht, das ist nicht wahr!"

„Edgar!"

Sie drohte mit der Stimme.

„Es ist nicht wahr. Ich habe nichts getan, was ich zu bereuen habe. Ich habe nichts Schlechtes getan, wofür ich mich zu entschuldigen hätte. Ich bin dir nur zu Hilfe gekommen, wie du gerufen hast!“

Ihre Lippen wurden blutlos, die Nasenflügel spannten sich.

„Ich habe um Hilfe gerufen? Du bist toll!“

Edgar wurde zornig, mit einem Ruck sprang er auf.

„Ja, du hast um Hilfe gerufen, da draußen im Gang, gestern nacht, wie er dich angefaßt hat. ‚Lassen Sie mich, lassen Sie mich‘, hast du gerufen. So laut, daß ichs bis ins Zimmer hinein gehört habe.“

„Du lügst, ich war nie mit dem Baron im Gang hier. Er hat mich nur bis zur Treppe begleitet ...“

In Edgar stockte das Herz bei dieser kühnen Lüge. Die Stimme verschlug sich ihm, er starrte sie an mit gläsernen Augensternen.

„Du ... warst nicht ... im Gang? Und er ... er hat dich nicht gehalten? Nicht mit Gewalt herumgefaßt?“

Sie lachte. Ein kaltes, trockenes Lachen.

„Du hast geträumt.“

Das war zuviel für das Kind. Er wußte jetzt ja schon, daß die Erwachsenen logen, daß sie kleine, kecke Ausreden hatten, Lügen, die durch enge Maschen schlüpften, und listige Zweideutigkeiten.

Aber dies freche, kalte Ableugnen, Stirn gegen Stirn, machte ihn rasend.

„Und da diese Striemen habe ich auch geträumt?“

„Wer weiß, mit wem du dich herumgeschlagen hast. Aber ich brauche ja mit dir keine Diskussion zu führen, du hast zu parieren, und damit Schluß. Setze dich hin und schreib!“

Sie war sehr blaß und suchte mit letzter Kraft ihre Anspannung aufrecht zu halten.

Aber in Edgar brach irgendwie etwas jetzt zusammen, irgendeine letzte Flamme von Gläubigkeit. Daß man die Wahrheit so einfach mit dem Fuß ausstampfen konnte wie ein brennendes Zündholz, das ging ihm nicht ein. Eisig zogs sich in ihm zusammen, alles wurde spitz, boshaft, ungefaßt, was er sagte:

„So, das habe ich geträumt? Das im Gang und den Striemen da? Und daß ihr beide gestern dort im Mondschein promeniert seid, und daß er dich den Weg hinabführen wollte, das vielleicht auch? Glaubst du, ich lasse mich einsperren im Zimmer wie ein kleines Kind! Nein, ich bin nicht so dumm, wie ihr glaubt. Ich weiß, was ich weiß.“

Frech starrte er ihr in das Gesicht, und das brach ihre Kraft: das Gesicht ihres eigenen Kindes zu sehen, knapp vor sich und verzerrt von Haß. Ungestüm brach ihr Zorn heraus.

„Vorwärts, du wirst sofort schreiben! Oder …"

„Oder was …?" Herausfordernd frech war jetzt seine Stimme geworden.

„Oder ich prügel dich wie ein kleines Kind."

Edgar trat einen Schritt näher, höhnisch, und lachte nur.

Da fuhr ihm schon ihre Hand ins Gesicht. Edgar schrie auf. Und wie ein Ertrinkender, der mit den Händen um sich schlägt, nur ein dumpfes Brausen in den Ohren, rotes Flirren vor den Augen, so hieb er blind mit den Fäusten zurück. Er spürte, daß er in etwas Weiches schlug, jetzt gegen das Gesicht, hörte einen Schrei …

Dieser Schrei brachte ihn zu sich. Plötzlich sah er sich selbst, und das Ungeheure wurde ihm bewußt: daß er seine Mutter schlug. Eine Angst überfiel ihn, Scham und Entsetzen, das ungestüme Bedürfnis, jetzt weg zu sein, in den Boden zu sinken, fort zu sein, fort, nur nicht mehr unter diesen Blicken. Er stürzte zur Türe und die Treppe rasch hinab, durch das Haus auf die Straße, fort, nur fort, als hetzte hinter ihm eine rasende Meute.

Erste Einsicht

Weiter drunten am Weg blieb er endlich stehen. Er mußte sich an einem Baum festhalten, so sehr zitterten seine Glieder in Angst und

Erregung, so röchelnd brach ihm der Atem aus der überhetzten Brust. Hinter ihm war das Grauen vor der eigenen Tat gerannt, nun faßte es seine Kehle und schüttelte ihn wie im Fieber hin und her. Was sollte er jetzt tun? Wohin fliehen? Denn hier schon, mitten im nahen Wald, eine Viertelstunde nur vom Haus, wo er wohnte, befiel ihn das Gefühl der Verlassenheit. Alles schien anders, feindlicher, gehässiger, seit er allein und ohne Hilfe war. Die Bäume, die gestern ihn noch brüderlich umrauscht hatten, ballten sich mit einem Male finster wie eine Drohung. Um wieviel aber mußte all dies, was noch vor ihm war, fremder und unbekannter sein? Dieses Alleinsein gegen die große, unbekannte Welt machte das Kind schwindelig. Nein, er konnte es noch nicht ertragen, noch nicht allein ertragen. Aber zu wem sollte er fliehen? Vor seinem Vater hatte er Angst, der war leicht erregbar, unzugänglich und würde ihn sofort zurückschicken. Zurück aber wollte er nicht, eher noch in die gefährliche Fremdheit des Unbekannten hinein; ihm war, als könnte er nie mehr das Gesicht seiner Mutter sehen, ohne zu denken, daß er mit der Faust hineingeschlagen hatte.

Da fiel ihm seine Großmutter ein, diese alte, gute, freundliche Frau, die ihn von Kindheit an verzärtelt hatte, immer sein Schutz gewesen war, wenn ihm zu Hause eine Züchtigung, ein Unrecht drohte. Bei ihr in Baden wollte er sich verstecken, bis der erste Zorn vorüber war, wollte dort einen Brief an die Eltern schreiben und sich entschuldigen. In dieser Viertelstunde war er schon so gedemütigt, bloß durch den Gedanken, allein mit seinen unerfahrenen Händen in der Welt zu stehen, daß er seinen Stolz verwünschte, diesen dummen Stolz, den ihm ein fremder Mensch mit einer Lüge ins Blut gejagt hatte. Er wollte ja nichts sein als das Kind von vordem, gehorsam, geduldig ohne die Anmaßung, deren lächerliche Übertriebenheit er jetzt fühlte.

Aber wie hinkommen nach Baden? Wie stundenweit das Land überfliegen? Hastig griff er in sein kleines, ledernes Portemonnaie, das er immer bei sich trug. Gott sei dank, da blinkte es noch, das neue, goldene Zwanzigkronenstück, das ihm zum Geburtstag geschenkt worden war. Nie hatte er sich entschließen können, es auszugeben. Aber fast täglich hatte er nachgesehen, ob es noch da sei, sich an seinem Anblick geweidet, daran reich gefühlt und dann immer die Münze in dankbarer Zärtlichkeit mit seinem Taschentuch blank geputzt, bis sie funkelte wie eine kleine Sonne. Aber – der jähe Gedanke erschreckte ihn – würde das genügen? Er war so oft schon in seinem Leben mit der Bahn gefahren, ohne daran auch nur zu denken, daß man dafür bezahlen mußte oder schon gar, wieviel das kosten könnte, ob eine Krone oder hundert. Zum ersten Male spürte er, daß es da Tatsachen des Lebens gab, an die er nie gedacht hatte, daß all die vielen Dinge, die ihn umringten, die er zwischen den Fingern gehabt und mit denen er gespielt hatte, irgendwie mit einem eigenen Wert gefüllt waren, einem besonderen Gewicht. Er, der sich noch vor einer Stunde allwissend dünkte, war, das spürte er jetzt, an tausend Geheimnissen und Fragen achtlos vorbeigegangen und schämte sich, daß seine arme Weisheit schon über die erste Stufe ins Leben hinein stolperte. Immer verzagter wurde er, immer kleiner waren seine unsicheren Schritte bis hinab zur Station. Wie oft hatte er geträumt von dieser Flucht, gedacht, ins Leben hinauszustürmen, Kaiser zu werden oder König, Soldat oder Dichter, und nun sah er zaghaft auf das kleine helle Haus hin, und dachte nur einzig daran, ob die zwanzig Kronen ausreichen würden, ihn bis zu seiner Großmutter zu bringen. Die Schienen glänzten weit ins Land hinaus, der Bahnhof war leer und verlassen. Schüchtern schlich sich Edgar an die Kasse hin und flüsterte, damit niemand anderer ihn hören könnte, wieviel eine Karte nach Baden koste. Ein verwundertes Gesicht sah hinter dem dunklen Verschlag heraus, zwei Augen lächelten hinter den Brillen auf das zaghafte Kind:

„Eine ganze Karte?“

„Ja“, stammelte Edgar. Aber ganz ohne Stolz, mehr in Angst, es möchte zuviel kosten.

„Sechs Kronen!“

„Bitte!“

Erleichtert schob er das blanke, vielgeliebte Stück hin, Geld klirrte zurück, und Edgar fühlte sich mit einem Male wieder unsäglich reich, nun, da er das braune Stück Pappe in der Hand hatte, das ihm die Freiheit verbürgte, und in seiner Tasche die gedämpfte Musik von Silber klang.

Der Zug sollte in zwanzig Minuten eintreffen, belehrte ihn der Fahrplan. Edgar drückte sich in eine Ecke. Ein paar Leute standen auf dem Perron, unbeschäftigt und ohne Gedanken. Aber dem Beunruhigten war, als sähen alle nur ihn an, als wunderten sich alle, daß so ein Kind schon allein fahre, als wäre ihm die Flucht und das Verbrechen an die Stirne geheftet. Er atmete auf, als endlich von ferne der Zug zum ersten Male heulte und dann heranbrauste. Der Zug, der ihn in die Welt tragen sollte. Beim Einsteigen erst bemerkte er, daß seine Karte für die dritte Klasse galt. Bisher war er nur immer erster Klasse gefahren, und wiederum fühlte er, daß hier etwas verändert sei, daß es Verschiedenheiten gab, die ihm entgangen waren. Andere Leute hatte er zu Nachbarn wie bisher. Ein paar italienische Arbeiter mit harten Händen und rauhen Stimmen, Spaten und Schaufel in den Händen, saßen gerade gegenüber und blickten mit dumpfen, trostlosen Augen vor sich hin. Sie mußten offenbar schwer am Weg gearbeitet haben, denn einige von ihnen waren müde und schliefen im ratternden Zug, an das harte und schmutzige Holz gelehnt, mit offenem Munde. Sie hatten gearbeitet, um Geld zu verdienen, dachte Edgar, konnte sich aber nicht denken, wieviel es gewesen sein mochte; er fühlte aber wiederum, daß Geld eine Sache war, die man nicht immer hatte, sondern die irgendwie erworben werden mußte. Zum erstenmal kam ihm jetzt zum Bewußtsein, daß er eine Atmosphäre von Wohlbehagen selbstverständlich gewohnt war und daß rechts und links von seinem Leben Abgründe tief ins Dunkel hineinklafften, an die sein Blick nie gerührt hatte. Mit einem Male bemerkte er, daß es Berufe gab und Bestimmungen, daß rings um sein Leben Geheimnisse geschart waren, nah zum Greifen und doch nie beachtet. Edgar lernte viel von dieser einen Stunde, seit er allein stand, er begann vieles zu sehn aus diesem engen Abteil mit den Fenstern ins Freie. Und leise begann in seiner dunklen Angst etwas aufzublühen, das noch nicht Glück war, aber doch schon ein

Staunen vor der Mannigfaltigkeit des Lebens. Er war geflüchtet aus Angst und Feigheit, das empfand er in jeder Sekunde, aber doch zum ersten Male hatte er selbständig gehandelt, etwas erlebt von dem Wirklichen, an dem er bisher vorbeigegangen war. Zum ersten Male war er vielleicht der Mutter und dem Vater selbst Geheimnis geworden, wie ihm bislang die Welt. Mit anderen Blicken sah er aus dem Fenster. Und es war ihm, als ob er zum ersten Male alles Wirkliche sähe, als ob ein Schleier von den Dingen gefallen sei und sie ihm nun alles zeigten, das Innere ihrer Absicht, den geheimen Nerv ihrer Tätigkeit. Häuser flogen vorbei wie vom Wind weggerissen, und er mußte an die Menschen denken, die drinnen wohnten, ob sie reich seien oder arm, glücklich oder unglücklich, ob sie auch die Sehnsucht hatten wie er, alles zu wissen, und ob vielleicht Kinder dort seien, die auch nur mit den Dingen bisher gespielt hatten wie er selbst. Die Bahnwächter, die mit wehenden Fahnen am Weg standen, schienen ihm zum ersten Male nicht, wie bisher, lose Puppen und totes Spielzeug, Dinge, hingestellt von gleichgültigem Zufall, sondern er verstand, daß das ihr Schicksal war, ihr Kampf gegen das Leben. Immer rascher rollten die Räder, nun ließen die runden Serpentinen den Zug zum Tale niedersteigen, immer sanfter wurden die Berge, immer ferner, schon war die Ebene erreicht. Einmal noch sah er zurück, da waren sie schon blau und schattenhaft, weit und unerreichbar, und ihm war, als läge dort, wo sie langsam in dem nebligen Himmel sich lösten, seine eigene Kindheit.

Verwirrende Finsternis

Aber dann in Baden, als der Zug hielt und Edgar sich allein auf dem Perron befand, wo schon die Lichter entflammt waren, die Signale grün und rot in die Ferne glänzten, verband sich unversehens mit diesem bunten Anblick eine plötzliche Bangnis vor der nahen Nacht. Bei Tag hatte er sich noch sicher gefühlt, denn ringsum waren ja Menschen, man konnte sich ausruhen, auf eine Bank setzen oder vor den Läden in die Fenster starren. Wie aber würde er dies ertragen können, wenn die Menschen sich wieder in die Häuser verloren, jeder ein Bett hatte, ein Gespräch und dann eine beruhigte Nacht, während er im Gefühl seiner Schuld allein herumirren mußte, in einer fremden Einsamkeit. Oh, nur bald ein Dach über sich haben, nicht eine Minute mehr unter freiem fremden Himmel stehen, das war sein einziges klares Gefühl.

Hastig ging er den wohlbekannten Weg, ohne nach rechts und links zu blicken, bis er endlich vor die Villa kam, die seine Großmutter bewohnte. Sie lag schön an einer breiten Straße, aber nicht frei den Blicken dargeboten, sondern hinter Ranken und Efeu eines wohlbehüteten Gartens, ein Glanz hinter einer Wolke von Grün, ein weißes, altväterisch freundliches Haus. Edgar spähte durch das Gitter wie ein Fremder. Innen regte sich nichts, die Fenster waren verschlossen, offenbar waren alle mit Gästen rückwärts im Garten. Schon berührte er die kühle Klinke, als ein Seltsames geschah: mit einem Male schien ihm das, was er sich jetzt seit zwei Stunden so leicht, so selbstverständlich gedacht hatte, unmöglich. Wie sollte er eintreten, wie sie begrüßen, wie diese Fragen ertragen und wie beantworten? Wie diesen ersten Blick aushalten, wenn er berichten mußte, daß er heimlich seiner Mutter entflohen sei? Und wie gar das Ungeheuerliche seiner Tat erklären, die er selbst schon nicht mehr begriff! Innen ging jetzt eine Tür. Mit einem Male befiel ihn eine törichte Angst, es möchte jemand kommen, und er lief weiter, ohne zu wissen wohin.

Vor dem Kurpark hielt er an, weil er dort Dunkel sah und keine Menschen vermutete. Dort konnte er sich vielleicht niedersetzen und endlich, endlich ruhig denken, ausruhen und über sein Schicksal klar werden. Schüchtern trat er ein. Vorne brannten ein paar Laternen und gaben den noch jungen Blättern einen gespenstigen Wasserglanz von durchsichtigem Grün; weiter rückwärts aber, wo er den Hügel niedersteigen mußte, lag alles wie eine einzige, dumpfe, schwarze, gärende Masse in der wirren Finsternis einer verfrühten Frühlingsnacht. Edgar schlich scheu an den paar Menschen vorbei, die hier unter dem Lichtkreis der Laternen plaudernd oder lesend saßen: er wollte allein sein. Aber auch droben in der schattenden Finsternis der unbeleuchteten Gänge war keine Ruhe. Alles war da erfüllt von einem leisen, lichtscheuen Rieseln und Reden, das vielfach gemischt war mit dem Atem des Windes zwischen den biegsamen Blättern, dem Schlürfen ferner Schritte, dem Flüstern verhaltener Stimmen, mit irgendeinem wollüstigen, seufzenden, angstvoll stöhnenden Getön, das von Menschen und Tieren und der unruhig schlafenden Natur gleichzeitig ausgehen mochte. Es war eine gefährliche Unruhe, eine geduckte, versteckte und beängstigende rätselhafte, die hier atmete, irgendein unterirdisches Wühlen im Wald, das vielleicht nur mit dem Frühling zusammenhing, das ratlose Kind aber seltsam verängstigte.

Er preßte sich ganz klein auf eine Bank hin in dieses abgründige Dunkel und versuchte nun zu überlegen, was er zu Hause erzählen sollte. Aber die Gedanken glitten ihm glitschig weg, ehe er sie fassen konnte, gegen seinen eigenen Willen mußte er immer nur lauschen und lauschen auf das gedämpfte Tönen, die mystischen Stimmen des Dunkels. Wie furchtbar diese Finsternis war, wie verwirrend und doch wie geheimnisvoll schön! Waren es Tiere oder Menschen oder nur die gespenstige Hand des Windes, die all dieses Rauschen und Knistern, dieses Surren und Locken ineinanderwebte? Er lauschte. Es war der Wind, der unruhig durch die Bäume schlich, aber – jetzt sah er es deutlich – auch Menschen, verschlungene Paare, die von unten, von der hellen Stadt heraufkamen und die Finsternis mit ihrer rätselhaften Gegenwart belebten. Was wollten sie? Er konnte es nicht begreifen. Sie sprachen nicht miteinander, denn er hörte keine Stimmen, nur die Schritte knirschten unruhig im Kies, und hie und da sah er in der Lichtung ihre Gestalten flüchtig wie Schatten vorüberschweben, immer aber so in eins verschlungen, wie er damals seine Mutter mit dem Baron gesehen hatte. Dieses Geheimnis, das große, funkelnde und verhängnisvolle, es war also auch hier. Immer näher hörte er jetzt Schritte herankommen und nun auch ein gedämpftes Lachen. Angst befiel ihn, die Nahenden möchten ihn hier finden, und noch tiefer ins Dunkel drückte er sich hinein. Aber die beiden, die jetzt durch die undurchdringliche Finsternis den Weg heraufgetasteten, sahen ihn nicht. Verschlungen gingen sie vorbei, schon atmete Edgar auf, da stockte plötzlich ihr Schritt, knapp vor seiner Bank. Sie preßten die Gesichter aneinander, Edgar konnte nichts deutlich sehen, er hörte nur, wie ein Stöhnen aus dem Munde der Frau brach, der Mann heiße, wahnsinnige Worte stammelte, und irgendein schwüles Vorgefühl durchdrang seine Angst mit einem wollüstigen Schauer. Eine Minute blieben sie so, dann knirschte wieder der Kies unter ihren weiterwandernden Schritten, die dann bald in der Finsternis verklangen.

Edgar schauerte zusammen. Das Blut stürzte ihm jetzt wieder in die Adern zurück, heißer und wärmer als zuvor. Und mit einem Male fühlte er sich unerträglich einsam in dieser verwirrenden Finsternis, urmächtig kam das Bedürfnis über ihn nach irgendeiner befreundeten Stimme, einer Umarmung, nach einem hellen Zimmer, nach Menschen, die er liebte. Ihm war, als wäre die ganze ratlose Dunkelheit dieser wirren Nacht nun in ihn gesunken und zersprenge ihm die Brust.

Er sprang auf. Nur heim, heim, irgendwo zu Hause sein im warmen, im hellen Zimmer, in irgendeinem Zusammenhang mit Menschen. Was konnte ihm denn geschehen? Sollte man ihn schlagen und beschimpfen, er fürchtete nichts mehr, seit er dieses Dunkel gespürt hatte und die Angst vor der Einsamkeit.

Es trieb ihn vorwärts, ohne daß er sich spürte, und plötzlich stand er neuerdings vor der Villa, die Hand wieder an der kühlen Klinke. Er sah, wie jetzt die Fenster erleuchtet durch das Grün glimmerten, sah in Gedanken hinter jeder hellen Scheibe den vertrauten Raum mit seinen Menschen darin. Schon dieses Nahsein gab ihm Glück, schon dieses erste, beruhigende Gefühl, daß er nah sei zu Menschen, von denen er sich geliebt wußte. Und wenn er noch zögerte, so war es nur, um dieses Vorgefühl inniger zu genießen.

Da schrie hinter ihm eine Stimme mit gellem Erschrecken:

„Edgar, da ist er ja!"

Das Dienstmädchen seiner Großmama hatte ihn gesehen, stürzte auf ihn los und faßte ihn bei der Hand. Die Türe wurde innen aufgerissen, bellend sprang ein Hund an ihm empor, aus dem Hause kam man mit Lichtern, er hörte Stimmen mit Jubel und Schreck rufen, einen freudigen Tumult von Schreien und Schritten, die sich näherten, Gestalten, die er jetzt erkannte. Vorerst seine Großmutter mit ausgestrecktem Arm und hinter ihr – er glaubte zu träumen – seine Mutter. Mit verweinten Augen, zitternd und verschüchtert, stand er selbst inmitten dieses heißen Ausbruchs überschwenglicher Gefühle, unschlüssig, was er tun, was er sagen sollte, und selber unklar, was er fühlte: Angst oder Glück.

Der letzte Traum

Das war so geschehen: Man hatte ihn hier längst schon gesucht und erwartet. Seine Mutter, trotz ihres Zornes erschreckt durch das rasende Wegstürzen des erregten Kindes, hatte ihn auf dem Semmering suchen lassen. Schon war alles in furchtbarster Aufregung und voll gefährlicher Vermutungen, als ein Herr die Nachricht brachte, er habe das Kind gegen drei Uhr am Bahnschalter gesehen. Dort stellte man rasch fest, daß Edgar eine Karte nach Baden genommen hatte, und sie fuhr, ohne zu zögern, ihm sofort nach. Telegramme nach Baden und Wien an seinen Vater liefen ihr voran, Aufregung verbreitend, und seit zwei Stunden war alles in Bewegung nach dem Flüchtigen.

Jetzt hielten sie ihn fest, aber ohne Gewalt. In einem unterdrückten Triumph wurde er hineingeführt ins Zimmer, aber wie seltsam war ihm dies, daß er alle die harten Vorwürfe, die sie ihm sagten, nicht spürte, weil er in ihren Augen doch die Freude und die Liebe sah. Und sogar dieser Schein, dieser geheuchelte Ärger dauerte nur einen Augenblick. Dann umarmte ihn wieder die Großmutter mit Tränen, niemand sprach mehr von seiner Schuld, und er fühlte sich von einer wundervollen Fürsorge umringt. Da zog ihm das Mädchen den Rock aus und brachte ihm einen wärmeren, da fragte ihn die Großmutter, ob er nicht Hunger habe oder irgend etwas wollte, sie fragten und quälten ihn mit zärtlicher Besorgnis, und wie sie seine Befangenheit sahen, fragten sie nicht mehr. Wollüstig empfand er das so mißachtete und doch entbehrte Gefühl wieder, ganz Kind zu sein, und Scham befiel ihn über die Anmaßung der letzten Tage, all dies entbehren zu wollen, es einzutauschen für die trügerische Lust einer eigenen Einsamkeit.

Nebenan klingelte das Telephon. Er hörte die Stimme seiner Mutter, hörte einzelne Worte: „Edgar ... zurück ... herkommen ... letzter Zug“, und wunderte sich, daß sie ihn nicht wild angefahren hatte, nur umfaßt mit so merkwürdig verhaltenem Blick. Immer wilder wurde die Reue in ihm, und am liebsten hätte er sich hier all der Sorgfalt seiner Großmutter und seiner Tante entwunden und wäre hineingegangen, sie um Verzeihung zu bitten, ihr ganz in Demut, ganz allein zu sagen, er wolle wieder Kind sein und gehorchen. Aber als er jetzt leise aufstand, sagte die Großmutter leise erschreckt:

„Wohin willst du?“

Da stand er beschämt. Sie hatten schon Angst für ihn, wenn er sich regte. Er hatte sie alle verschreckt, nun fürchteten sie, er wolle wieder entfliehen. Wie würden sie begreifen können, daß niemand mehr diese Flucht bereute als er selbst!

Der Tisch war gedeckt, und man brachte ihm ein eiliges Abendessen. Die Großmutter saß bei ihm und wandte keinen Blick. Sie und die Tante und das Mädchen schlossen ihn in einen stillen Kreis, und er fühlte sich von dieser Wärme wundersam beruhigt. Nur daß seine Mutter nicht ins Zimmer trat, machte ihn wirr. Wenn sie hätte ahnen können, wie demütig er war, sie wäre bestimmt gekommen!

Da ratterte draußen ein Wagen und hielt vor dem Haus. Die anderen schreckten so sehr auf, daß auch Edgar unruhig wurde. Die Großmutter ging hinaus, Stimmen flogen laut hin und her durch das Dunkel, und auf einmal wußte er, daß sein Vater gekommen war. Scheu merkte Edgar, daß er jetzt wieder allein im Zimmer stand, und selbst dieses kleine Alleinsein verwirrte ihn. Sein Vater war streng, war der einzige, den er wirklich fürchtete. Edgar horchte hinaus, sein Vater schien erregt zu sein, er sprach laut und geärgert. Dazwischen klangen begütigend die Stimmen seiner Großmutter und der Mutter, offenbar wollten sie ihn milder stimmen. Aber die

Stimme blieb hart, hart wie die Schritte, die jetzt herankamen, näher und näher, nun schon im Nebenzimmer waren, knapp vor der Türe, die jetzt aufgerissen wurde.

Sein Vater war sehr groß. Und unsäglich klein fühlte sich jetzt Edgar vor ihm, wie er eintrat, nervös und anscheinend wirklich im Zorn.

„Was ist dir eingefallen, du Kerl, davonzulaufen? Wie kannst du deine Mutter so erschrecken?"

Seine Stimme war zornig und in den Händen eine wilde Bewegung. Hinter ihm war mit leisem Schritt jetzt die Mutter hereingetreten. Ihr Gesicht war verschattet.

Edgar antwortete nicht. Er hatte das Gefühl, sich rechtfertigen zu müssen, aber doch, wie sollte er das erzählen, daß man ihn betrogen hatte und geschlagen? Würde er es verstehen?

„Nun, kannst du nicht reden? Was war los? Du kannst es ruhig sagen! War dir etwas nicht recht? Man muß doch einen Grund haben, wenn man davonläuft! Hat dir jemand etwas zuleide getan?"

Edgar zögerte. Die Erinnerung machte ihn wieder zornig, schon wollte er anklagen. Da sah er – und sein Herz stand still dabei – wie seine Mutter hinter dem Rücken des Vaters eine sonderbare Bewegung machte. Eine Bewegung, die er erst nicht verstand. Aber jetzt sah sie ihn an, in ihren Augen war eine flehende Bitte. Und leise, ganz leise hob sie den Finger zum Mund im Zeichen des Schweigens.

Da brach, das Kind fühlte es, plötzlich etwas Warmes, eine ungeheure wilde Beglückung durch seinen ganzen Körper. Er verstand, daß sie ihm das Geheimnis zu hüten gab, daß auf seinen kleinen Kinderlippen ein Schicksal lag. Und wilder, jauchzender Stolz erfüllte ihn, daß sie ihm vertraute, jäh überkam ihn ein Opfermut, ein Wille, seine eigene Schuld noch zu vergrößern, um zu zeigen, wie sehr er schon Mann war. Er raffte sich zusammen:

„Nein, nein ... es war gar kein Anlaß. Mama war sehr gut zu mir, aber ich war ungezogen, ich habe mich schlecht benommen ... und da ... da bin ich davongelaufen, weil ich mich gefürchtet habe."

Sein Vater sah ihn verdutzt an. Er hatte alles erwartet, nur nicht dieses Geständnis. Sein Zorn war entwaffnet.

„Na, wenn es dir leid tut, dann ists schon gut. Dann will ich heute nichts mehr darüber reden. Ich glaube, du wirst es dir ein anderes Mal doch überlegen! Daß so etwas nicht mehr vorkommt."

Er blieb stehen und sah ihn an. Seine Stimme wurde jetzt milder.

„Wie blaß du aussiehst. Aber mir scheint, du bist schon wieder größer geworden. Ich hoffe, du wirst solche Kindereien nicht mehr tun; du bist ja wirklich kein Bub mehr und könntest schon vernünftig sein!“

Edgar blickte die ganze Zeit über nur auf seine Mutter. Ihm war, als funkelte etwas in ihren Augen. Oder war dies nur der Widerschein der Flamme? Nein, es glänzte dort feucht und hell, und ein Lächeln war um ihren Mund, das ihm Dank sagte. Man schickte ihn jetzt zu Bett, aber er war nicht traurig darüber, daß sie ihn allein ließen. Er hatte ja so viel zu überdenken, so viel Buntes und Reiches. All der Schmerz der letzten Tage verging in dem gewaltigen Gefühl des ersten Erlebnisses, er fühlte sich glücklich in einem geheimnisvollen Vorgefühl künftiger Geschehnisse. Draußen rauschten im Dunkel die Bäume in der verfinsterten Nacht, aber er kannte kein Bangen mehr. Er hatte alle Ungeduld vor dem Leben verloren, seit er wußte, wie reich es war. Ihm war, als hätte er es zum erstenmal heute nackt gesehen, nicht mehr verhüllt von tausend Lügen der Kindheit, sondern in seiner ganzen wollüstigen, gefährlichen Schönheit. Er hatte nie gedacht, daß Tage so voll gepreßt sein konnten vom vielfältigen Übergang des Schmerzes und der Lust, und der Gedanke beglückte ihn, daß noch viele solche Tage ihm bevorständen, ein ganzes Leben warte, ihm sein Geheimnis zu entschleiern. Eine erste Ahnung der Vielfältigkeit des Lebens hatte ihn überkommen, zum ersten Male glaubte er das Wesen der Menschen verstanden zu haben, daß sie einander brauchten, selbst wenn sie sich feindlich schienen, und daß es sehr süß sei, von ihnen geliebt zu werden. Er war unfähig, an irgend etwas oder irgend jemanden mit Haß zu denken, er bereute nichts, und selbst für den Baron, den Verführer, seinen bittersten Feind, fand er ein neues Gefühl der Dankbarkeit, weil er ihm die Tür aufgetan hatte zu dieser Welt der ersten Gefühle. Das alles war sehr süß und schmeichlerisch nun im Dunkel zu denken, leise schon verworren mit Bildern aus Träumen, und beinahe war es schon Schlaf. Da war ihm, als ob plötzlich die Türe ginge und leise etwas käme. Er glaubte sich nicht recht, war auch schon zu schlafbefangen, um die Augen aufzutun. Da spürte er atmend über sich ein Gesicht weich, warm und mild das seine streifen, und wußte, daß seine Mutter es war, die ihn jetzt küßte und ihm mit der Hand übers Haar fuhr. Er fühlte die Küsse und fühlte die Tränen, sanft die Liebkosung erwidernd, und nahm es nur als Versöhnung, als Dankbarkeit für sein Schweigen. Erst später, viele Jahre später, erkannte er in diesen stummen Tränen ein Gelöbnis der alternden Frau, daß sie von nun ab nur ihm, nur ihrem Kinde gehören wollte, eine Absage an das Abenteuer, ein Abschied von allen eigenen Begehrlichkeiten. Er wußte nicht, daß auch sie ihm dankbar war, aus einem unfruchtbaren Abenteuer gerettet zu sein und ihm nun mit dieser Umarmung die bitter-süße Last der Liebe für sein zukünftiges Leben wie ein Erbe überließ. All dies verstand das Kind von damals nicht, aber es fühlte, daß es sehr beseligend sei, so geliebt zu sein, und daß es durch diese Liebe schon verstrickt war mit dem großen Geheimnis der Welt.

Als sie dann die Hand von ihm ließ, die Lippen sich den seinen entwanden und die leise Gestalt entrauschte, blieb noch ein Warmes zurück, ein Hauch über seinen Lippen. Und schmeichlerisch flog ihn Sehnsucht an, oft noch solche weiche Lippen zu spüren und so zärtlich umschlungen zu werden, aber dieses ahnungsvolle Vorgefühl des so ersehnten Geheimnisses war schon umwölkt vom Schatten des Schlafes. Noch einmal zogen all die Bilder der letzten Stunden farbig vorbei, noch einmal blätterte sich das Buch seiner Jugend verlockend auf. Dann schlief das Kind ein, und es begann der tiefere Traum seines Lebens.